I
A.R.H.

plu

Caryl Lewis

y Lolfa

Argraffiad cyntaf: 2008

Dymuna'r cyhoeddwyr gydnabod cymorth ariannol
Cyngor Llyfrau Cymru

Cynllun y clawr: Sion Ilar
Dyluniwyd y gyfrol gan Dafydd Saer

Rhif Llyfr Rhyngwladol: 978-1-84771-104-5

Cyhoeddwyd ac argraffwyd yng Nghymru
gan Y Lolfa Cyf., Talybont, Ceredigion SY24 5HE
gwefan www.ylolfa.com
e-bost ylolfa@ylolfa.com
ffôn 01970 832 304
ffacs 832 782

The Darkling Thrush *(excerpt)*

At once a voice arose among
The bleak twigs overhead
In a full-hearted evensong
Of joy illimited;
An aged thrush, frail, gaunt, and small,
In blast-beruffled plume,
Had chosen thus to fling his soul
Upon the growing gloom.

So little cause for carolings
Of such ecstatic sound
Was written on terrestial things
Afar or nigh around,
That I could think there trembled through
His happy good-night air
Some blessed Hope, whereof he knew
And I was unaware.

Thomas Hardy

CYNNWYS

WYAU TSIEINA

BYDDAI'R DDEFOD FOREOL yn dechrau pan dynnai hi'r brat yn un goflaid amdani. Ar ôl cymysgu'r finegr a'r dŵr a gwasgu cyllell dan gap y bicarb, fe fyddai hi'n plygu ac yn ailblygu ei bysedd am hen glwtyn cyn dechrau ar y dwt. Byddai ei dwylo'n cochi yn y dŵr poeth a phatrymau ei bysedd wedi eu troelio'n llyfnach ar ôl blynyddoedd o gymhennu a thwtio a gofalu.

Yn y gegin orau byddai hi'n dechrau bob tro tra oedd y dŵr yn boeth a'r clytiau ar eu glanaf. Byddai ei mam yn arfer dweud wrthi nad oedd dim blas cymhennu os na allech chi weld eich ôl. Ond ar ôl blynyddoedd o ymladd gyda baw, gwair a gwlân mewn hen dŷ fferm roedd Olwen wedi ymhyfrydu wrth ddampio'r celfi yn y byngalo bach a dal pob dwstyn cyn iddo gael siawns i setlo.

Edrychodd ar y cloc – fe fyddai'n ôl i ginio cyn hir. Agorodd bapur newydd ar dalcen y seidbord a gosod y bowlen o ddŵr arno. Roedd ffiniau'r byngalo bach yn siarpach rywfodd na waliau cerrig yr hen dŷ fferm y bu hi'n ei fugeilio am ddegawdau ond roedd yn haws eu cadw'n lân. Aeth at y ffenest a'i gwthio ar agor gan adael arogl pys pêr yn un cwmwl i mewn i'r tŷ. Roedd hi wedi'u plannu'n rhesi yn y patshyn bach o bridd wrth gefn y tŷ ac er na fyddai hi'n gwneud mwy na dod ag ambell ddyrnaid i'w roi ar y ddreser, byddai tyfu blodau'n bleser ar ôl plygu ei chefn mewn caeau tato. Roedd eu lliwiau fel ffair heddiw a'r gwenyn wedi eu swyno yn eu mysg. Trodd i edrych ar y stafell orau.

Ystafell sgwâr oedd hi a hen le tân wedi ei gau ar un wal a border o deils lliwgar o'i amgylch. Roedd cwpwrdd bob ochor i'r lle tân a gwydr cymylog yn cuddio'r trugareddau oddi mewn. Ar y soffa gorweddai clustogau lliwgar y llwyddodd hi i'w gwau o weddillion pellenni o wlân yn yr ysgol. Ar hyd un wal, roedd y ddreser. Pan ymddeolodd y ddau, bu'n rhaid datgymalu'r celfi i gyd – rhannu'r washstand a'r limpres. Rhoddwyd rhifau'r sêl ar y cwpwrdd cornel a gwerthwyd ford fawr y gegin. Ond roedd hi wedi mynnu cadw'r seidbord a'r ddreser ac roedd y ddau wedi cymryd eu lle'n ddigon taclus ar waliau'r ystafell orau gan fod nenfydau'r byngalo a rhai'r hen dŷ yn isel fel ei gilydd. Dechreuodd dynnu'r cŵn tsieina oddi ar y ddreser er mwyn golchi eu hwynebau gwydraidd.

Ei mam a ddysgodd iddi sut oedd glanhau. Roedd hithau wedi colli ei gŵr yn ifanc a bu'n rhaid iddi weithio'n galed. Byddai hi'n cerdded i'r pentre bob bore er mwyn helpu menywod i lanhau. Ond cyn gwneud hynny, hyd yn oed, fe fyddai hi'n ysgubo'r lludw o amgylch y lle tân gan ddefnyddio adain gŵydd. Byddai cymydog yn galw â phâr iddi ar ôl bob Dolig ac fe wyliai Olwen y plu'n cael eu llygru yn y düwch a'r llaid, a'r dagrau yn powlio ar hyd ei bochau bach tewion. Un flwyddyn fe'u dygodd nhw gan ddal un ymhob llaw cyn rhedeg nerth ei thraed trwy Gae Berllan. Bu hi'n meddwl am flynyddoedd, petai hi'n rhedeg yn ddigon cyflym, yna y medrai hi godi oddi ar y ddaear ac ehedeg. Fe chwerthodd ei brawd o'i gweld yn rhedeg nerth ei choesau bach. Cafodd gystudd am ei ffwdan gan ei mam, wrth gwrs, a bu'n rhaid iddi lanhau'r grât am wythnos fel cosb. Ond fe wyliodd ac fe ddysgodd a chyn hir fe ddysgodd sut roedd troi fflŵr i mewn yn y tato er mwyn iddyn nhw fynd ymhellach. Dysgodd hefyd sut roedd rhoi soda mewn te yn gwneud iddo edrych yn gryfach. Dysgodd sut oedd torri leinin hen sach fflŵr a'i wnïo'n ŵn nos. Bob nos Wener byddai'r glanhau ffyrnicach ar gyfer ymweliad y cymdogion fore Sadwrn.

Byddai ei mam yn smwddio'i ffrog orau ac yn cribo'i gwallt ganwaith i wneud iddo sgleinio cyn ei dynnu'n gwlwm taclus. Roedd gan Mr a Mrs Davies siop yn y dre ac fe fydden nhw'n dod i gasglu wyau o'r fferm ar gyfer eu gosod ar y silffoedd. Fel arfer, gwnaent esgus gan ddweud bod hast arnyn nhw a gofyn i'w mam ddod â'r wyau allan i'r cerbyd, ond weithiau byddent yn aros am ychydig ar y tro o olwg y tŷ er mwyn i Mrs Davies gael diosg ei sgert grand a dod atynt yn ei phais laes. Bryd hynny fe fydden nhw'n gwybod eu bod am aros ychydig. Credai ei mam fod hyn yn dangos mawredd cymeriad Mrs Davies am nad oedd hi eisiau dangos ei chyfoeth mewn tŷ mor dlawd. Roedd Olwen yn amau mai'r gwir reswm oedd na fyddai am ddwyno ei sgert cyn mynd yn ôl am y dre.

Edrychodd ar y setiau o lestri'n glystyrau lliwgar tu ôl i'r gwydr. Roedd un set o lestri oren a gasglodd hi fesul darn pan oedd yn blentyn ar ôl torri tocynnau oddi ar becynnau te. Ar y dde, roedd llestri pinc a glas golau a gafodd gan ei mam a'i thad yng nghyfraith pan briododd. Yna, set ac arni flodau gwylltion. Cawsai honno, fesul darn ar ei phen-blwydd bob blwyddyn gan ei gŵr. Gwenodd wrth sychu gwydr y ddreser fel nad oedd na blewyn na brycheuyn i'w weld.

Roedd gan Mr a Mrs Davies fab. Mab oedd yn awyddus i fynd i'r coleg. Roedd ganddo wallt golau a chroen gwyn ond roedd rhywsut yn edrych yn eitha lletchwith. Byddai e'n cerdded i'r lleithdy i gasglu'r wyau oddi yno gyda hi ac yna yn eu cario i'r car. Bodlonai i'w helpu i olchi'r rhai ola, cyn eu rhoi mewn bocsys cardbord ac weithiau byddai bysedd oer y ddau'n cyffwrdd o dan y dŵr. Tynnai yntau ei ddwylo'n ôl fel pe bai wedi ei glwyfo. Ceisiai hithau siarad ag ef, ond cochi a syllu mewn tawelwch a wnâi ef. Cadwai ei mam Mrs Davies i siarad mor hir â phosib pan fydden nhw yn y lleithdy, ac Olwen yn dyheu am gael dianc yn ôl i'r caeau. Wedi i'r siopwyr adael, fe fyddai'n rhaid iddi newid ei ffrog orau'n syth a'i mam yn ei thynnu dros ei phen gan ddweud wrthi ei bod hi'n gobeithio na fyddai'n rhaid i'w merch weithio mor galed ag y bu'n rhaid iddi hithau ei wneud.

Symudodd y powlenni a'r ornaments yn ôl ar silff y ddreser yn eu tro gan eu cofleidio â dwster sych wrth wneud hynny. Symudodd at y lle tân. Doedd dim cwmwl ar y grât bràs ond fe blygodd ar ei phengliniau a dechrau ei rwbio beth bynnag, a'i phwysau yn symud o'r naill ben-glin i'r llall wrth wneud.

Wedi i Mr a Mrs Davies adael, fe fyddai hi'n datod y cwlwm tyn o wallt a'i adael yn rhydd cyn cyfarfod â'i chariad. Roedd croen hwnnw mor frown â chneuen a'i wallt o liw'r barlys. Byddai'n casglu syfi cochion iddi ac yn gadael brithyll smotiog mewn papur newydd ar lechen y drws cefn yn ginio iddi. A phan deimlodd hi rywbeth yn wahanol yn ei pherfedd a'r salwch boreol yn dechrau, fe neidiodd yntau a chydio ynddi a'i wyneb yn llawn goleuni. Daeth i'r drws, law yn llaw gyda hi, yn awyddus i ofyn yn barchus am ei llaw, er mai dim ond pymtheg oedd y ddau. Rhybuddiwyd ef i gadw'n dawel a chaewyd y drws yn ei wyneb.

Gwrandawodd hithau ar gerddediad araf ei mam a'i brawd mawr ar lawr llechen y gegin. Doedd dim pwrpas mynd at y doctor gan fod hwnnw'n adnabod pawb yn yr ardal yn dda, yn ogystal â'r teulu. Tynnwyd hi o'r gwely ganol nos a gyrrwyd hi i dŷ cyffredin yn y dre. Talwyd yr arian. Llefodd hithau. Roedd y fenyw yn ddidrugaredd. Safodd ei mam y tu allan i'r drws, ei breichiau wedi'u croesi a'i hwyneb wedi ei droi i'r cyfeiriad arall. Arhosodd Olwen yn y gwely am wythnosau yn gwaedu, yn gorwedd fel cwrlyn gan ballu yngan gair. Daeth mab Mrs Davies â blodau iddi yn ei 'salwch' a safodd yntau'n fud wrth droed y gwely. Syllodd hithau arno a'i llygaid yn goch ac yn wlyb. Safai ei chariad bob nos led cae o'r tŷ'n gwylio nes i'w brawd ymosod arno a'i adael yn hanner marw cyn dychwelyd adre a'i ddyrnau'n gignoeth.

Roedd sglein euraid ar y grât. Ac am eiliad, edrychodd ar adlewyrchiad ei llygaid. Fyddai hi byth yn edrych ar ei hadlewyrchiad ei hun gan nad oedd yn falch o'r hyn a welai. Cododd a cherdded at y seidbord a dechrau dwstio. Fu hi byth yn iawn ar ôl y noson honno. Wnaeth y gwaedu erioed beidio'n iawn… yn ddwfn y tu mewn iddi. Collodd y gwrid ar ei bochau. Gwaedodd y lliw o'i gwefusau. Diflannodd sglein ei gwallt. Stopiodd mab Mr Davies gerdded yn ei chwmni i'r lleithdy. Roedd y ffresni a'i hudodd wedi diflannu o'i hwyneb. Aeth yntau i'r coleg. Priododd ferch gyfoethog yn ifanc. Dyfnhaodd y rhychau yn nhalcen ei mam ac roedd ei brawd yn ffaelu'n deg â byw yn yr un tŷ ag wyneb sathredig ei chwaer. Symudodd oddi yno gan gofio amdanynt adeg y Nadolig drwy anfon llythyrau adref.

Roedd powlen ar y seidbord ac yn nythu ynddi roedd wyau tsieina. Fel arfer, byddai hi'n tynnu'r wyau oddi yno, un ar ôl y llall, ac yn eu gosod ar glwtyn cyn rhwbio'r bowlen yn deneuach fyth. Heddiw, edrychodd arnyn nhw am amser hir. Daethai'r rhain hefyd o'r tŷ fferm a byddai hi'n arfer eu gosod o dan yr ieir i'w denu i ori. Cydiodd yn un ohonynt a theimlo'i bwysau llyfn.

Flynyddoedd yn ddiweddarach fe briododd hi – fis union ar ôl claddu ei mam. Symudodd ei gŵr i fyw ati yn yr hen dŷ fferm. Fyddai dim plant, wrth gwrs, roedd gormod o ddifrod wedi ei wneud ond fe gymerodd yntau hi'n ddiamod. Fe gawson nhw fywyd dedwydd, ond heb fab na merch byddai'n rhaid gwerthu'r fferm ac ymddeol i'r pentre. Gosododd yr wy yn ôl yn ei nyth. Roedd hi wedi eu rhwbio dros y blynyddoedd nes eu bod yn sgleinio'n hardd.

Gwenodd. Roedd ei gŵr yn chwibanu wrth gerdded drwy'r ardd. Meddyliodd beth fyddai ganddo o dan ei gesail heddiw. Pysgodyn efallai. Byddai'n dal i gasglu mwyar duon iddi yn yr hydref er mwyn dod â gwres i'w llygaid tywyll a llysiau duon bach yn yr haf er mwyn harddu ei gwên. Byddai'n cribo'r caeau a'r afonydd o hyd, fel yr arferai ei wneud yn fachgen, a'i wallt lliw barlys heb golli ei liw. Edrychodd hithau ar yr wyau tsieina a gwenu'n dawel cyn cerdded i weld pa ryfeddod oedd yn ei ddwylo heddiw.

Y Sguthan

U N O EFEILLIAID oedd hi ac roedd pawb yn gwybod nad oedd dim lwc yn dod i'r rheiny. Roedd wedi sylwi ei bod hi ar goll ers deuddydd ond fe feddyliodd y deithe hi i'r fei cyn hir, ynta. Fe ddaeth o hyd iddi, yn y diwedd, yng nghanol nudden Mehefin a'r niwl gwyn yn lleitho clychau'r gog a'r rheiny'n blastar ar hyd y cwm. O'i chwmpas roedd dail gwyrdd yn aeddfedu a dim gwyntyn i symud y cwmwl o bersawr melys a'i hamgylchynai. Roedd brain wedi pigo'i llygaid a'r pridd oddi tani wedi'i sgathru'n frown. Gwthiai ei choes chwyddedig ar ongl ddychrynllyd – honno wedi torri fel brigyn a hithau wedi cwympo ymysg y gwreiddiau.

Crafodd ei ben wrth edrych arni a throdd hithau ei chlustiau i'w gyfeiriad wrth glywed ei anadlu trwm ar ôl iddo ddringo'r goledd. Roedd y gwaed wedi caledu'n ddagrau duon o gwmpas tagell y fuwch a'r pryfed â'u hadenydd arian byw yn cronni lle bu ei llygaid. Tynnodd Ieuan anadl hir cyn ymlwybro'n araf yn ôl i'r tŷ.

Tynnodd y ffôn i'r coridor gan bwyso ei gefn yn erbyn y wal oer rhag i'r hen foi glywed ei sgwrs a dechre styrnigo. Aeth allan i odro wedyn, a golchi'r parlwr cyn dychwelyd i'r tŷ i chwilio am lieiniau. Cerddodd ar flaenau ei draed yn ei welingtons ar draws y leino a dringo'r grisiau at yr hen limpres ar y landin. Agorodd yr hen ddrysau derw.

Roedd ei oferôls yn cynhesu yng ngwres y tŷ ac aroglau'r beudy'n treiddio dros y landin. Dechreuodd dwrio ymysg y llieiniau. Byddai ei fam yn gynddeiriog petasai hi wedi gweld y cwpwrdd wedi'i dwmblo'n anniben. Roedd yno hen garthenni wedi eu plygu'n deidi, ambell lien bwrdd hefyd a'r rheiny wedi'u haddurno'n gywrain ac ôl pwytho gofalus menywod ei deulu arnynt. Edrychodd Ieuan ar y blodau yn rhesi taclus. Daeth o hyd i'r dillad gwely gwyn newydd mewn gorchudd plastig. Teimlodd eu pwysau wrth eu tynnu o'r cwpwrdd. Gan iddynt fod yn nŵr oer y parlwr godro cyhyd, roedd ei ddwylo'n goch ac yn dywyll ar wynder llyfn y llieiniau.

Wrth iddo gyrraedd y cae gwelodd Ieuan fod fan y bwtsher wedi cyrraedd, ac yntau wedi esbonio iddo ar y ffôn lle roedd y fuwch. Yn naturiol roedd Dai'n hen gyfarwydd ag enwau'r caeau. Agorodd y pecyn yn cynnwys y dillad gwely a chario'r defnydd o dan ei gesail tuag at y ffens. Clywodd sŵn brefu isel yn dod o'r cwm. Sylwodd ar yr adar bach uwch brigau'r coed a'r rheiny'n tywyllu'n erbyn y machlud coch. Cododd ei goes dros y ffens lac a cherdded i lawr i'r cwm gan ddilyn yr arogl melys. Roedd Dai wedi ei chlwyfo'n barod drwy dynnu min ei gyllell trwy groen ei thagell a'r nerfau'n plwcio a thynnu trwy gorff yr anner. Chwythai gwaed yn gymylau i awyr yr hwyrnos. Nodiodd Dai arno heb yngan gair, cyn symud yn ôl gam rhag i'r gwaed socian drwy ei esgidiau.

Sylwodd Ieuan ar alwadau'r brain yn crafu'r tawelwch. Taflodd y defnydd gwyn ar lawr ac eistedd arno am eiliad. Roedd y tarth yn dechrau oeri ac edrychodd Ieuan ar yr anner wrth iddi estyn ei phen allan yn dawel.

Tynnodd Dai ffag o'i boced a llyfu ei hochor â hawch ei dafod cyn ei chynnu a thynnu'n galed arni gan ddal i wylio'r creadur yn gwingo a chicio wrth ei draed. Treiglai'r gwaed yn araf gan droi'n glytiau tew, du wrth iddo oeri. O'r diwedd, ar ôl iddo synhwyro llonyddwch yr anifail, taflodd Dai ei ffag ar lawr a'i gwasgu i mewn i'r pridd â sawdl ei esgid. Datododd gwdyn a hwnnw'n frith o gyllyll arian. Roedd ganddo lif hefyd, ar gyfer yr esgyrn mwya. Cribodd y gwynt drwy'r dail a chipio persawr clychau'r gog o'r cwm.

Gweithiai Dai'n gyflym gan fod y golau'n gwanhau ac agorodd Ieuan y llien gwyn yn y gwyll. Gan ddefnyddio'i gyllell boced fe'i torrodd yn stribedi a rhwygodd fel hen groen. Cociodd Dai ei ben a chodi ei lygaid i'w wylio am eiliad cyn mynd yn ôl at ei waith. Torrodd Ieuan y stribedi wedyn yn sgwariau llai a thynnu ei siwmper, gan wybod bod gwaith caled o'i flaen. Gosododd y sgwariau o ddefnydd ar lawr a thaflodd Dai ddarn o gig ar bob sgwaryn yn ei dro. Cydiodd Ieuan yn y corneli gan greu cwdyn cyn ei daflu dros ei ysgwydd a'i gario'n drafferthus i fyny ochr serth y cwm at ei Land Rover. Roedd y cig yn dal yn gynnes ar ei gefn a'r gwaed yn treiddio drwy ddefnydd ei grys. Taflodd y cig i gefn ei gerbyd cyn troi i nôl llwyth arall.

Wrth gamu dros y ffens unwaith yn rhagor, fe gwympodd brigyn ar ei lwybr. Roedd y nythod yn glymau anniben ym mrig y coed a chlywodd sguthan yn chwerthin uwch ei ben. Pan oedd e'n fachgen bach, byddai wrth ei fodd yn gwylio'r adar a byddai'n casglu eu hwyau ac yn eu chwythu er mwyn eu cadw'n ofalus yn ei ddrôr. Clywodd sŵn y cyllyll yn taro yn erbyn ei gilydd ar lawr y cwm.

Roedd y darnau'n fawr, ac yn barod i'w torri'n ddarnau llai o faint yn ddiweddarach – cael y cig o'r cwm mor gyflym â phosibl oedd y peth pwysicaf. Bob nawr ac yn y man, deuai'r cwlwm o esgyrn lliw hufen i'r golwg ymysg y cnawd coch. Chwysai Dai wrth ei waith, a'r faneg fetel yn tincial wrth iddo aros am eiliad i hogi cyllell ar stribyn garw'r hogwr a wisgai am ei wast. Cododd ei aeliau ar Ieuan wrth sychu'r chwys cyn nodio at y clawdd yn y pellter. Yno, yn eu gwylio wrth y ffens, roedd ei dad a'i wyneb ar goll ym mwg glas ei faco. Roedd ei gap fflat ar slant a'i gefn yn grwm. Pwysai ar ei ffon a honno'n glymau i gyd. Rhaid ei fod wedi ei ddilyn o'r clos ar ôl dyfalu beth a gadwai ei fab allan mor hwyr ar ôl gorffen godro. Tynhaodd gên Ieuan a chododd gwdyn arall o gig ar ei gefn a'i gario trwy'r coed tywyll. Ddwedodd ei dad ddim gair wrth iddo gerdded heibio. Roedd hi'n amlwg beth oedd wedi digwydd, ac yntau wedi rhybuddio Ieuan bod angen atgyfnerthu'r ffens ers yr hydref cynt.

Daeth sŵn llifo esgyrn i ben yn y cwm. Tynnodd y tad anadl hir. Teimlai Ieuan bwysau ei lygaid tawel ar ei gefn wrth iddo ddychwelyd yn ôl ac roedd hynny'n waeth na derbyn unrhyw gystudd. Gwisgai ei dad ei benwas yn dynn am Ieuan. Doedd hi ddim yn bosibl ei glywed na'i weld, dim ond ei deimlo. Roedd yr adar bach wedi trydar nes bod eu calonnau'n boenus yn eu brestiau cyn mynd ati i glwydo. Bellach felly, roedd y coed yn dechrau distewi. Dim ond y brain mwyaf oedd ar ôl, wedi'u swyno gan wres y corff a'r gwaed. Digon araf yr âi Ieuan at ei waith erbyn hyn a'r llethr, rywfodd, yn fwy serth nag a fu. Roedd ei dad wedi diflannu, gan adael dim ond arogl y baco ar ei ôl.

Roedd y golau'n araf ddiflannu a'r gwynt yn dechrau rhidlo trwy'r coed. Cytunodd Dai i olchi'i gyllyll yn y parlwr godro a chytunwyd y byddai Ieuan yn claddu'r sgerbwd a'r offal yn dawel o dan glychau'r gog yn y bore bach. Straffaglodd y ddau yn ddall i'r cae a sŵn cyllyll Dai'n taro'n erbyn ei gilydd yn fygythiol yn ei gwdyn. Cydiodd Ieuan mewn cangen a thynnu ei gorff blinedig i'r cae agored. Oerodd y chwys, a'r gwaed bellach yn glamp oer ar ei war.

Oeri wnaeth ei dad yntau, cyn mynd yn ôl i'r tŷ a chynnu baryn gwaelod y gwresogydd trydan. Aeth Dai i'w fan a thaflu'i gyllyll i'r cefn. Nodiodd Ieuan arno ac estyn tamed o gig iddo trwy ffenest y cerbyd fel y gallai fynd ag e adre i'w wraig. Diolchodd hwnnw'n dawel a gyrru'n araf o'r cae. Gwyliodd Ieuan e'n gadael cyn troi i gau cefn y Land Rover. Edrychodd ar y bwndel coch a gwyn yn dawel. Crawciodd brân a llanwyd ef ag oerfel y nos. Tynnodd ei siwmper dros ei grys gwaedlyd. Roedd ei ddwylo'n arogli'n felys o gnawd.

Cydiodd mewn postyn ffens gerllaw a thynnu gordd o du blaen ei Land Rover. Bwrodd y postyn i'r ddaear feddal gan godi'r ordd yn uchel uwch ei ben a theimlo'r ryddhad wrth daro'r polyn yn ddyfnach i mewn i'r ddaear. Cododd y brain yn un twr wrth iddynt glywed yr ergyd gyntaf. Atseiniai'r sŵn yn garreg ateb ar draws y cwm unig. Dychwelodd y brain yn bigog o anghyfforddus. Syllodd Ieuan arnynt am eiliad. Tarodd y postyn unwaith yn rhagor ac wrth i bob clec gario drwy'r coed fe ddechreuodd dagrau bach hallt wthio'u ffordd yn boenus i'w lygaid. Tarodd a tharodd nes bod ei ysgwyddau blinedig yn wan a phob owns o'i gryfder wedi diflannu yn yr oerfel. Roedd ei wallt yn britho a'i gryfder fel petai ar drai. Safodd yn stond cyn tynnu'r staplau o'i boced a chodi'r ffens damaid yn uwch. Sodrodd y pedolau bach sinc yn eu lle. Fe wnâi'r ffens yn iawn unwaith eto, dros dro o leiaf. Oedodd am eiliad a syllu i'r gwyll.

Ymhen dim o dro, agosáu at y carcas wnâi'r brain a'u nythod gwag yn glotiau tywyll yn y coed. Roedd wedi sylwi, pan oedd e'n fachgen, fel y byddai ambell i sguthan yn adeiladu sawl nyth, un ar ôl y llall. Âi i ffwdan i gasglu brigau, i greu trigfannau clyd gan ymgartrefu mewn rhyw dair aelwyd cyn dewis a dodwy yn un ohonyn nhw. Nythod 'rhag ofn' fyddai'r lleill. Nythod i dwyllo unrhyw un a fyddai'n fygythiad iddi.

Gwnaeth ei dad ei rybuddio na fyddai hi'n aros ar y fferm. Hi â'i chwerthin uchel, a'i dillad gwely gwyn. Hi oedd y gyntaf un erioed i groesi dros drothwy giât y clos ac yntau mor siŵr y byddai hi yno'n aros. Roedd yn beth rhyfedd, ond pan oedd e'n fachgen, llwyddai bob tro i ddweud pa nyth y byddai'r sguthan yn ei dewis i ddodwy yn y diwedd.

Wrth iddo gau cefn y Land Rover, a'r cig erbyn hyn wedi oeri, roedd staeniau coch yn amlwg ar hyd y dillad gwely claerwyn. Rhythodd arnyn nhw am amser hir gan deimlo'r brain y tu ôl iddo'n disgyn yn y tywyllwch i loddesta ar y sgerbwd gwlyb.

ELYRCH

DIM OND EU benthyg nhw fyddech chi. Gwyddai Tegwyn hynny wrth wylio'r awel yn cribo'i fysedd trwy'u plu gwynion. Roedd y gaeaf cymharol gynnes wedi eu denu a hwythau wedi setlo am ychydig yn yr ardd, ar ôl cael cartref mor gysurus. Trodd Tegwyn ei lewys yn ôl gan ddangos ei freichiau cryfion a thynnu'n drwm ar y sigarét gan adael i'r mwg lenwi'r hwyrddydd. Roedden nhw wedi pori'r lawnt yn foel a gwadnau llydan eu traed wedi gwasgu'r mwd yn llyfn o gwmpas y pwll o ddŵr ar waelod yr ardd. Er bod y daffodils yn dal yn eu sanau, roedd dyfodiad y gwanwyn ar y gorwel a'r awel yn gliriach heno, fel petai oerfel ola'r gaeaf yn ymadael, a phopeth yn yr ardd wedi ei naddu'n gliriach rhywfodd. Roedd y dydd yn dechrau ymestyn a bysedd ucha'r coed yn dal y golau o'u cwmpas yn hirach.

Gwyliodd Tegwyn yr elyrch trwy lygaid dyfrllyd. Roedd ambell un yn gwrando ar y gorwel, ac yn troi ei ben weithiau i glywed y sibrydion oedd y tu hwnt i'w glyw. Weithiau, byddent yn galw ar ei gilydd ac yn aflonyddu nes gwneud i Tegwyn godi'n drwsgwl oddi ar ei fainc a thaflu dyrneidiau o raen o'i boced ar hyd y lawnt.

Gwyliai Marged ef o'r gegin wrth iddi sychu'i dwylo yn ei brat. Fe fuodd hi'n chwythu fel madfall pan ddechreuodd yr elyrch ddisodli'i bylbiau a nychu'r lawnt ond mudferwi oedd ei grwgnach mwyach wrth iddi bilo tato yn y ffenest fach.

Gwasgodd Tegwyn flaen ei sigarét i mewn i fraich y fainc. Roedd hi'n oeri a'r adar yn dechrau siarad â'i gilydd yn dawel. Roedd eu plu yn sgleinio'n sgald wrth i'r haul ddechrau sigo. Rhyfeddodd Tegwyn atynt wrth iddyn nhw ddechrau 'molchi. Ynghanol y baw a'r dŵr, fe fyddent yn plygu eu pennau fel petaen nhw mewn gweddi yn y pwll bach gan adael i'r diferion olchi fel dagrau i lawr eu cefnau ac ar hyd eu hadenydd hirion. Roedd rhai wrthi'n aildrefnu'r rhesi o blu'n daclus â'u pigau. Doedd dim byd i'w weld yn eu llygaid tywyll pan fydden nhw wrthi. Dim ond trefn a greddf a phwrpas.

Roedd Marged am fynd i yrfa chwist yn neuadd y pentref ac fe wyliai Tegwyn yn tindroi drwy'r ffenest. Roedd defnydd tenau ei blowsen orau wedi gweld pig yr harn smwddio ac roedd ham oer ar y bwrdd yn barod. Ar un cyfnod, fe fyddai hi wedi bod ambwti'i glustiau ers sbel yn ceisio'i hastu i symud ond fyddai hi ddim yn ffwdanu bellach gan wybod mai gatre'n bugeilio yn yr ardd fyddai e. Fe âi hi, ar ei phen ei hunan unwaith eto, gan sôn wrth hwn a'r llall fod Tegwyn yn llawn annwyd, neu'n brysur, neu wedi mynd mas i rywle arall.

Weithiau, pan âi am gwpaned at rywun, byddai hi'n ei

wylio, wrth newid, yn ceisio corlannu'r elyrch yn y sied fach ar waelod yr ardd, neu'n ceisio eu denu â'r graen i glwydo'n agosach at y tŷ. Crynodd wrth feddwl am y peth. Weithiau, fe fyddai e'n llwyddo i fynd o fewn llathen i un ohonyn nhw ac fe ddeuai i'r tŷ â gwên ifanc ar ei wyneb a'i galon yn glir yn ei lygaid. Byddai'n ei helpu i bilo tato ar y nosweithiau hynny, neu'n dod â phaned iddi o flaen y tân.

Ond yn amlach na pheidio byddai'n cael ei erlid gan alarch cynddeiriog a hwnnw'n chwythu â'i frest yn darian ymosodol o'i flaen. Fe fyddai'n encilio wedyn gan eistedd yn dawel ar ôl swper yn ddigon bodlon dim ond gwrando ar y cloc bach ar y pentan yn cerdded nes byddai'n amser clwydo.

Cydiodd Marged yn y sosban drom â dwy law, un ar ben y llall, cyn ei gosod ar ben y stof. Roedd llygaid Tegwyn yn edrych yn bellach nag arfer heno wrth iddo syllu ar yr adar gwynion.

Buodd e'n fwrlwm o gynlluniau ar un adeg. Ar ôl ymddeol, byddai'n diflannu i'r sied fach er mwyn gwneud silffoedd i gylchgronau gwnïo Marged ond wedi i'r elyrch gyrraedd, y cyfan y gallai ei wneud oedd cynllunio ffyrdd o'u dofi a chollodd flas ar fwyd a phob dim arall. Gosododd Marged ddau blat ar y ford fach a mynd ati i dwtio'i gwallt yn y gwydr ar bwys y drws. Gwasgodd ychydig o bowdwr ar ei hwyneb gan geisio peidio ag edrych gormod arno. Cyrhaeddodd chwerthin plentynnaidd yr elyrch ei chlustiau a theimlai ryw oerfel yn rhoi ei fraich amdani. Tynnodd grib trwy ei gwallt a sylwi bod hwnnw erbyn hyn yn teneuo.

Am ychydig wythnosau, fe fuodd hi'n genfigennus. Yn genfigennus o'r adar a hawliai sylw ei gŵr ond roedd ei chenfigen wedi caledu'n ofn erbyn hyn. Fyddai hi byth yn mentro mas atyn nhw a hwythau fel petaen nhw'n ei gwawdio ac yn chwerthin am ei phen bob tro yr edrychai arnyn nhw. Weithiau, yn nyfnderoedd y nos, byddai'n gwasgu ei dwylo dros ei chlustiau er mwyn osgoi gwrando ar eu sibrwd. Llwyddodd eu siapiau gwyn lluniaidd i ddal sylw Tegwyn a'i hudo nes ei fod yn edrych i bobman, heblaw i'w chyfeiriad hi. Edrychodd ar ei chroen yn y drych o'r diwedd, croen a fu unwaith yn llyfn ac yn wyn. Tynnodd anadl hir.

Un noson, fe gododd a gweld Tegwyn yn sefyll yn nrws mas y gegin yn gwylio'r ysbrydion gwyn trwy'r gwyll. Ei lygaid yn syllu, fel petai'r adar yn rhoi rhyw falm iddo na allai hi ei gynnig iddo bellach. Safodd y tu ôl iddo'r noson honno, dim ond lled adain oddi wrtho, gan feddwl pa mor fawr oedd eu nyth fach wedi tyfu. Throdd e ddim na rhoi ei freichiau amdani nac ysgubo ei anadl ar hyd ei boch fel yr arferai wneud yn y dyddiau a fu. Doedd e ddim hyd yn oed yn sylweddoli ei bod hi yno, yn sefyll yn ei gŵn nos, led plisgyn oddi wrtho.

Roedd y tato'n berwi drosodd. Symudodd y sosban yn ofalus a thwriodd yn y drôr am gyllyll a ffyrcs. Roedd sŵn yr elyrch yn cynyddu a'r gwynt wedi codi. Chwiliodd ei llygaid yn reddfol am Tegwyn yn yr ardd. Cerddai rhywun dros ei bedd.

Gwyliai Tegwyn yr elyrch gan gamu'n agosach atynt i weld beth oedd yn bod. Roedd cadno yn fygythiad beunyddiol, yn enwedig mewn cyfnod mor llwm. Bu'n ffensio ffiniau'r ardd yn ofalus er mwyn amddiffyn y brestiau meddal y tu mewn iddi. Fe fyddai'n codi'n gynnar yn y bore hyd yn oed er mwyn cadw llygad arnynt wrth i'r tywyllwch chwyrlïo i ffwrdd gan adael gwlith yn ddiemwntau ar eu plu gwyn. Wedyn byddai e'n sefyll yn agos atynt a hwythau yn ei ddioddef, fel petai trymder cwsg yn eu dofi. Unwaith, ac fe fyddai'n ail-fyw'r bore hwnnw yn ei feddwl droeon, fe lwyddodd i sefyll yn eu mysg. Aeth i'w canol wrth iddyn nhw gysgu a sefyll yn llonydd. Fe ddihunodd un alarch fel plentyn yn dihuno o drwmgwsg i fagad mam cyn sylweddoli, mewn swildod, mai ei thad oedd yno. Yn yr eiliad honno cafodd ei dderbyn, ac fe'i hamgylchynwyd â'u gwynder, a tharth y bore yn tywyllu ei lygaid â gwlith.

Roedd swper yn barod ac aeth Marged at y drws cefn i alw amdano cyn sefyll yn stond a'i chalon yn crynu. Clywodd sŵn pâr o adenydd. Sŵn ehedeg. Sŵn roedd hi wedi ofni ei glywed ers misoedd. Sŵn peryglus fel siffrwd yn rhy sydyn trwy ddail llyfr. Sŵn plu yn awchu'r nos. Rhuthrodd Marged i'r ardd gan faglu cyn sefyll wrth ochr Tegwyn. Roedd ei chalon yn ei gwddf ac aer oer y nos yn amgylchynu'r ddau.

Galwai'r alarch ar y lleill a'r rheiny'n plygu eu pennau i'r pridd cyn tynnu nerth o'r ddaear a chodi. Camodd Marged tuag atynt ond fe gydiodd Tegwyn yn ei braich. Teimlai Marged gynhesrwydd ei fysedd am ei chroen. A dyma nhw, y naill yn dilyn y llall, yn codi eu cyrff, yn agor eu hadenydd fel croesau gwynion cyn ehedeg yn dawel i mewn i'r nos.

Gwyliodd y ddau yr elyrch yn codi'n uwch ac yn uwch at weddillion yr haul hwyr, yn ysbrydion gwyn yn troi'n dryloyw wrth fwrw'r golau. Cyfrodd Marged nhw. Un alarch am bob blwyddyn y cawsai eu merch fach fyw. Merch y bu'r ddau'n disgwyl amdani am oes, ac un a gollwyd mewn ergyd adain. Teimlai'r ddau guriadau'r adenydd yn eu brestiau wrth iddynt wrando ar chwerthin yr elyrch yn toddi yn y pellter. Er bod y golau wedi diflannu'n gyfan gwbl, fe edrychodd y ddau yn fwy gonest ar ei gilydd nag a wnaethant ers hydoedd. Roedd pwysau annioddefol y gwanwyn yn gwasgu ym mherfedd y bylbiau yn yr ardd.

'Dere,' meddai yntau gan wenu arni trwy'i lygaid tywyll, 'dere inni ga'l tamed o swper. Ewn ni mas heno.'

Wennol Bwlch
a Chilhollt

ROEDD Y GASTANWYDDEN yn diferu o flodau melyn sgald a'r gwenoliaid yn chwyrlïo uwchben y clos. Brefai'r defaid yn ffair yn y lloc a'r ŵyn hufennog yn fras eu cefnau wrth iddynt lynu atynt. Roedd y cŵn defaid yn cyfarth gan grymanu yn ôl ac ymlaen y tu ôl i'w sodlau. Cerddodd Emrys ac un llaw dan gesail y giât a'r llall yn hysio'r defaid yn eu blaen gan weiddi ar ei fab i gadw pellter. Corlannwyd y defaid a'u gwasgu'n un clwstwr a thaflwyd y tsiaen dros bostyn y giât.

Roedd y gwanwyn yn yr awel gynnes a chymylau gwynion yn llifo'n araf dros ddail y ffawydden ond gwyddai Emrys fod yn rhaid iddo dorri clustiau a thacluso'r caglau cyn bod y flwyddyn yn aeddfedu a chynrhon yn casglu gyda'r gwres. Edrychodd ar ei fab am eiliad, a gweld iddo gael ei swyno gan gymanfa'r defaid. Roedd e'n fachgen tal o'i ddeg oed a lled ei frest yn dangos y byddai'n tyfu'n sgwaryn cryf. Gwenodd Emrys arno a throi i hogi ei gyllell boced. Byddai'r ddau wedi gorffen cyn amser cinio a'r bachgen yn ddigon mawr i helpu ar ôl blynyddoedd o geisio'i gadw'n ddigon pell wrth ei garco. Gwasgodd Emrys y gyllell yn gylchau ar foch y garreg hogi gan wylio ambell wreichionyn yn tasgu at ei draed.

Fel ar bob fferm, roedd yna hen arferion. Byddai'r bachgen yn anfon yr ŵyn ar hyd rhibin o goridor roedd y ddau wedi'i greu yn erbyn wal yr hen sgubor. Yna byddai'r anifeiliaid yn cael eu didoli a'r bachgen yn cylchu ei freichiau o gwmpas bola pob oen a'i daflu dros gasgen cyn gwasgu cyllell i'w gynffon. Byddai'r rheiny'n casglu'n un twr wrth ei draed a'r gwaed yn tewhau ar hyd esgid a throwsus ei goes dde. Fel arfer, byddai'r tad wedyn yn mynd ati i dorri'r nod clust ond heddiw, gan fod y bachgen wedi cyrraedd oed priodol, roedd Emrys wedi addo dysgu'r mab sut oedd gwneud. Cofiodd i'w dad yntau ddangos iddo ef yng nghysgod yr hen sied pan oedd e'n fachgen bach a gwenodd wrth feddwl amdano'i hun yn gofyn am de gyda'i swper y noson honno fel y gwnâi'r dynion mowr yn hytrach na derbyn ei wydraid o laeth arferol. Cofiodd chwerthin ei fam a'i dad yn uno â'i gilydd.

Dirywio'n araf bach y diwrnodau hyn roedd yr hen adeiladau ar y clos a'u drysau'n rhy gul i fedru defnyddio tractor i'w carthu a heb neb a chanddo ddigon o fôn braich nac amser i'w wneud â llaw. Roeddent yn sefyll yng nghanol cylch o goed, a'u cerrig llwydion bron yn unigryw erbyn hyn am eu bod yn dal yn lloches i adar, creaduriaid a ffermwyr o hyd yn hytrach nag i dramorwyr ac ymwelwyr. Erbyn hyn, roedd fframiau cochion y drysau'n pilo a llythrennau'n ymddangos yn y pren llwyd lle roedd y seiri a adeiladodd y drysau wedi naddu eu henwau. Eto i gyd, roedden nhw'n dal yn gysgod iddo pan fyddai glaw y gaea'n golchi'r clos. Sylwodd Emrys fod llygaid ei fab arno. Gwasgodd y ddau'r defaid ymlaen a'r cŵn yn cynorthwyo drwy gnoi ambell i sowdwl. Anadlai'r defaid yn drwm o gael eu hel mor ddiseremoni o'r cae.

Wennol bwlch a chilhollt oedd marc clust y teulu. Wennol bwlch a chilhollt a gawsai ei adnabod dros yr ardal ers canrifoedd ac er bod rhaid defnyddio'r hen dagiau hyll newydd bellach i ddynodi perchnogaeth yr anifeiliaid, roedd yr hen doriadau'n dal i sefyll. Medrai ffermwr ddweud o bell ar ddiwrnod glawog ar y mynydd pwy oedd perchennog yr oen colledig wrth ddim ond edrych arno'n troi'i ben. Edrychodd ei fab arno'n ddisgwylgar.

Roedd e'n union fel ei fam. Yn fwy tebyg iddi na'i chwaer, a dweud y gwir. Erbyn hyn fe fyddai honno'n gwasgu ei thrwyn ar ffenest y parlwr yn edrych allan ar y clos ond roedd hi'n rhy ifanc ac yn rhy anwadal ar ei thraed i ddod i ganol defaid a'r rheiny'n byddaru pawb. Roedd bochau llyfn ei fab fel lliw'r blodau can-a-llath a'i lygaid yn wyrddlas ac yn fwrlwm fel dŵr y nant. Byddai golwg benderfynol ar ei wyneb a gwyddai enw pob cae hyd yn oed cyn iddo fedru siarad yn iawn. Roedd e'n elfen i gyd a dilynai'r ci defaid ef i bob man gan addoli ei sodlau – y ci ag un llygad brown ac un llygad arian.

Cydiodd Emrys mewn oen i ddechrau ar y gwaith a theimlodd boen yn ei gefn wrth ei godi. Teimlai ei fod ef bellach fel pe bai'n gwanhau mor gyflym ag roedd y bachgen yn cryfhau. Sodrodd yr oen rhwng ei goesau.

Oen colledig a arweiniodd Emrys at ei wraig yn y lle cyntaf. Cofiodd iddo fe a'i dad gerdded y mynydd yn y gwynt. Roedd y borfa'n fras yn y fan honno a'r creigiau garw'n creithio'r caeau. Pwysodd y ddau yn erbyn y gwynt cyn i'w dad weld oen a chlicied tri thoriad a bwlch plyg yn ei glust. 'Ffos Fawr,' sibrydodd ei dad dan ei wynt. Daliwyd yr oen a chlymu'i draed â chortyn beinder cyn iddo ei gario ar ei war yn ôl i'r Land Rover. Gyrrodd y ddau ar hyd lonydd y mynydd i Ffos Fawr ac fe wyliodd Emrys y tŷ yn tyfu allan o'r mynydd a'r trawstiau'n sigo dan y pwysau. Tra buodd ei thad hithau yn diolch i'w dad yntau am ei gymwynas a'r ddau'n cario'r colledig i'r sied, fe safodd yntau ar y clos yn edrych ar y sgwaryn o olau yn disgleirio o'r tŷ. Trwy'r glaw a'r llwydni, fe'i gwelodd hi'n darllen wrth y tân. Syllodd arni am yn hir a dagrau'r glaw yn goleuo ar wydr y ffenest. Fel petai hi'n synhwyro ei lygaid arni, fe gododd ei phen am eiliad ac edrych i'w gyfeiriad. Ceisiodd yntau wenu ond roedd ei llygaid wedi eu denu yn ôl at ei llyfr ac wrth i'w llygaid hithau adael ei wyneb fe ddechreuodd yntau deimlo gwir oerni'r glaw.

Y noson honno wrth y bwrdd bwyd, fe gamgymerodd ei dad ei dawelwch am syrthni ond cawsai ei fyd ei newid. Roedd wedi'i gorddi a'i aflonyddu ac ni fyddai fawr ddim yr un peth wedyn. Aeth i'w ystafell a gwylio'r lleuad ddyfrllyd yn dringo'r awyr yn araf.

Bu'n rhaid iddo aberthu oen er mwyn cael cyfle i'w gweld wedyn. Arhosodd am ei gyfle am fisoedd a threuliodd aeaf tywyll yn meddwl am y sgwaryn o olau cynnes ar y clos. O'r diwedd daeth yn ddiwrnod tocio. Roedd ei fam wedi taenu menyn yn dew ar fara'r bore hwnnw wrth wneud bara te iddo ond ni allai gyffwrdd â'r cymysgedd, dim ond gwylio'r menyn yn serennu ar wyneb y bowlen. Aeth allan, a thra oedd y ddau wrthi'n tocio fe ofynnodd i'w dad i nôl dŵr iddo o'r tŷ. Wedi gwylio'i gefn crwm yn diflannu o'r clos cydiodd mewn oen a thorri clicied tri thoriad a bwlch plyg yn un o'i glustiau.

Crynai ei ddwylo wrth i'w gyllell wthio trwy'r cnawd. Ysgydwodd yr oen ei ben ar ôl iddo ei ollwng ac fe'i taflodd ef i ben pella'r lloc. Arhosodd am ryw bythefnos cyn tynnu sylw ei dad at y dihiryn. Edrychodd hwnnw'n hir ar yr oen cyn codi ei gap fel caead a'i ddal gan grafu ei ben â'i fys bach wrth geisio dyfalu sut y gwnaethai'r creadur grwydro mor bell ac ymuno â'u diadell hwy. Cytunodd hwnnw yn y diwedd y byddai'n rhaid iddo fynd ag ef yn ôl adre i Ffos Fawr. 'Molchodd ei wyneb cyn mynd draw'r noson honno ac roedd ei feddwl mor brysur fel na sylwodd ar ei fam a'i dad yn cyfnewid gwên wrth ei wylio'n gadael y tŷ yn gwisgo'i grys gorau.

Bu'n rhaid iddo'i pherswadio cyn llwyddo i'w chael yn gariad. Galwai'n aml. Edrychai arno a'i llygaid yn llonydd fel pe bai hi'n ceisio ei fesur. Fe'i gwrthododd ef yn gyfan gwbl ar y dechrau cyn cytuno i fynd am dro yn ei gwmni ac fe wnaeth yntau'n fawr o'r cyfle drwy ddangos iddi lle roedd ehedydd yn nythu a thynnu llond côl o lus iddi gan ei bod hi mor hoff ohonynt. Teimlai'n flinedig ar adegau gan fod ei meithrin yn mynd â'i holl fryd bob awr o'r dydd, ond yna, byddai hi'n gwenu arno, yn cyffwrdd â'i fraich ac fe ddaeth i ddeall fod gwobrau anodd eu hennill yn werth eu cael.

Un diwrnod, wrth i'r ddau gerdded ar lan y môr, fe deimlodd ryw gynhesrwydd yn llenwi ei gorff a rhyw gryndod yn ei frest. Roedd hi wedi cydio yn ei law am rai eiliadau'n unig. Ond gwnaeth yr eiliad honno iddo gerdded yn sythach. Fe dyfodd y diwrnodau heulog hyn yn gysgod i'w waith beunyddiol ar y fferm a phan fyddai'n tynnu oen ym mherfeddion nos, byddai golau'r diwrnodau hynny pan fu gyda hi'n ei gario. Pan gynyddodd y baich arno wrth i'w dad fynd yn fwy ffaeledig, byddai'r prynhawniau melyn hynny'n falm iddo. Ond ymhen amser, wrth i'w ryddid gael ei gyfyngu gan y tir, câi ei gadw fwyfwy ar glos y fferm a'r dyddiau euraidd yn ei chwmni o reidrwydd yn prinhau. Synhwyrodd yntau fod rhyw oerfel yn ei llygaid unwaith yn rhagor. Pan fyddai'n ei chusanu, sylwodd fod ei llygaid fel pe baent yn syllu tua'r gorwel. Byddai hi'n treulio'r Suliau yn gwrando ar y radio ac yn edrych ar gylchgronau. Un noson, fe symudodd yntau ei law arw dros ei llaw hithau gan wybod na allai symud tir, disodli caeau na chwalu buarth, a theimlodd ei llaw hithau'n oeri o dan ei fysedd.

Yn ystod yr un wythnos ag y claddwyd ei dad, fe dderbyniodd hithau'r llythyr yn dweud iddi gael ei derbyn yn y coleg. Fe'i gwyliodd hithau yntau yn ysgwyddo'r arch gyda chymorth ei gymdogion. Sylwodd fod ei wallt du yn ffyrnig o sgleiniog ymysg y copaon gwynion. Roedd ei gefn yn gryf hefyd ac fe wyddai hithau y byddai'n rhaid iddo fod er mwyn cario'r baich a etifeddodd. Doedd ganddi 'mo'r galon i ddweud wrtho ar y pryd ond bu'n rhaid iddi gyfaddef yn y diwedd ac fe'i gadawodd â'i phen yn llawn llyfrau, gorwelion a bywyd llawer gwell. Wyddai hi ddim iddo ddod i'w gweld yn gadael y noson honno. Gwyliodd o bell ei thad yn rhoi ei chesys yng nghefn y car, a hithau â'i gwallt du yn sgleiniog yn gwisgo ei ffrog felen orau. Roedd ehedydd yn canu yn y llwyn lle safai, a'i frest yn tynnu yn angerddol yng ngolau'r hwyr.

Sylwodd ei fam ddim rhyw lawer ar ei siomedigaeth gan fod ei galar wedi crynhoi'n drwm amdani ond fe geisiai'r naill wneud bywyd y llall yn haws. Edrychodd yntau ar ei hôl yn dyner, ac fe addawodd hithau y byddai hi'n symud o'r fferm pan gâi ef wraig ifanc er mwyn rhoi cychwyn teg iddyn nhw. Gwrandawodd yntau a gwenu'n dawel. Fe ddaeth ambell ferch arall heibio i geisio cymryd ei lle, wrth gwrs, ond fe wyddai Emrys nad oedd ganddo galon i'w rhoi iddynt ac y byddai ei hapusrwydd yn ddibynnol iawn arni hi. Weithiau, clywai ei hanes, drwy'r papur bro ac wrth gael clonc gyda chymydog, ond câi ei galon ei dolurio pan fyddai sôn ei bod hi'n caru gyda hwn a'r llall. Gyda'r nos, pan fyddai'n gorffwys a'i gorff yn gwingo, byddai'n meddwl amdani am oriau.

Byddai'n rhaid iddi brofi bywyd, cael ei siomi gan hwn a'r llall ac efallai, wrth i'w meddyliau droi at godi plant, y byddai hi'n meddwl amdano ef. Wrth i'r blynyddoedd fynd heibio, cynyddu wnâi ei sicrwydd y deuai hi'n ôl adref. O fis i fis, a hithau ar gyfeiliorn, teimlai'n eithaf

siŵr y câi'r ysfa i ddychwelyd. Gyda phob blewyn gwyn
a ymddangosai yn ei wallt yntau, fe wyddai y byddai rhai
cyffelyb yn ymddangos ar ei chopa hithau. Ac fe wyddai,
yn hwyr neu'n hwyrach, y byddai hi'n sylweddoli, er bod
y gorwel yn symud, bod y mynydd yn dal yno. Byddai
ei hysfa am gyffro'n oeri a'i chariad araf tawel tuag ato
ef yn ei galw'n ôl. Roedd hynny'n ddigon iddo ef, ac fe
weddïai bob nos y byddai'n ddigon iddi hithau.

Tymor y gaeaf oedd hi pan ddychwelodd. Deuai'r
gwynt o'r gorllewin gan chwipio'n ddiamynedd o
gwmpas y tŷ. Roedd Emrys wedi bod yn cerdded y
mynydd drwy'r dydd a chroen ei wyneb yn goch gan
law ac oerfel. Teimlai ei gorff yn drwm ac yn drwsgwl
ac yntau heb fod mor ifanc ag yr arferai fod i grwydro'r
mynydd drwy'r dydd. Roedd ei fam wedi clwydo'n
gynnar, fel y gwnâi'n feunyddiol erbyn hyn ac yntau'n
pendwmpian ar bwys y tân. Breuddwydiai am ei dad ac
am y mynydd pan deimlodd ryw gynhesrwydd drwyddo
ac agorodd ei lygaid. Rhwbiodd ei ben a throi ei lygaid at
y ffenest. Trwy'r golau cynnes a dagrau'r glaw ar y ffenest
fe'i gwelodd hi. Roedd ei gwallt a'i chot yn sopen ac
amser a siom wedi crychu ei chroen llyfn, ond roedd hi'n
dal yn brydferth a'i llygaid yn llawn tosturi. Edrychodd y
ddau ar ei gilydd am yn hir cyn gwenu.

Teimlodd Emrys ei fab yn tynnu ar ei law. Gwenodd arno. Ychydig o ŵyn oedd ar ôl yn y lloc a'r mab yn ddiamynedd wrth ddisgwyl am ei wers. Meddyliodd pa mor braf y byddai hi pan fyddai ei ysgwyddau ifanc yntau'n barod i rannu siâr lawn o'r baich. Byddai cinio'n barod cyn hir ac fe wyddai y byddai hi wedi llwytho'r ford gyda ham a thatws, gan ganu wrth gario'u merch fach o dan ei chesail cyn ei gosod i eistedd ar y llawr. Byddai hi'n paratoi plat bach i'w fam wedyn a byddai hithau'n gwylio'r groten fach yn chwarae â chynffon y gath. Plygodd Emrys a chydio mewn oen tew a'i osod dros y gasgen. Cydiodd yn ysgwydd ei fab a rhoi ei law am ei law yntau. Roedd ei groen gwyn yn llachar dan ddwrn Emrys a'r gwaed a'r chwys a'r baw yn blastar drosto. Cydiodd yng nghlust yr oen ac edrychodd ei fab arno a gwenu. Am ennyd, gwelodd liw'r gaeafau diddiwedd o ysu wrth aros wedi'u hadlewyrchu yn ei lygaid ifanc. Cusanodd Emrys ei ben yn ysgafn ac edrychodd y bachgen arno mewn syndod. Crynai'r oen o dan eu dwylo. Sythodd cefn y bachgen wrth i Emrys ei ddysgu, a thorrodd y bachgen wennol bwlch a chilhollt yn ddwfn yn y cnawd.

PLU'R GWEUNYDD

ROEDD Y GWRES yn cymhlethu'r wybren uwchlaw'r gors a'r awel yn cribo'r cyrs yn ddioglyd gan chwythu dyrneidiau o loÿnnod byw yn ffluwch i'r awyr las. Roedd yr haf wedi aeddfedu hadau'r planhigion a'r rheiny wedi tewhau a chracio ac ambell un wedi tyfu adenydd i hofran mor ysgafn â gwe pry cop rhwng yr hesg.

Culhaodd ef ei lygaid wrth edrych drwy ffenest y bwthyn a theimlodd am ei gadair y tu ôl iddo â llaw grynedig, cyn eistedd yn araf a'i lygaid ar goll yn y pellter.

Bob bore, fel pader, fe fyddai hi'n codi gyda'r wawr ac yn eistedd yn amyneddgar ar bwys y tân a charrai ei hesgidiau ar y llawr yn disgwyl iddo godi a'u clymu. Fe fyddai hi'n dal ei bys ar y cwlwm tra byddai ef yn eu dolennu a'i gwên yn agos at ei wyneb. Wedyn fe âi hi allan a byddai yntau'n bugeilio'r gorwel tan y deuai yn ôl. Roedd y mawn tywyll yn cynhesu yng ngwres y bore gan dynnu haenen denau arall o fywyd i'w grombil. Uwchben, fe grynai plu'r gweunydd yn lluwch o eira gwyn, yn rhynnu yn sglein yr haul.

Yn yr eira y gwelodd ef hi gyntaf. Roedd lliain o wyn wedi glynu'n styfnig ar y palmant ac ambell hen fenyw yn tynnu macyn pen yn dynnach am ei gwddf. Roedd yntau'n gneud y negeseuon i'w fam a dyma hi'n pwyso i mewn drwy ffenest y car ac yn gofyn am gyfarwyddiadau i'r siop dop. Edrychodd ar ei bochau, a'r rheiny wedi cochi yn yr oerfel a'r llygaid wedi'u naddu'n gliriach rywfodd gan leithder y dydd. Cynigiodd ei gyrru gan fod y cyfarwyddiadau'n gymhleth ac erbyn iddo ei hebrwng i ochr draw'r dre, roedd y ddau wedi cynllunio i gyfarfod â'i gilydd yn ddiweddarach y noson honno. Roedd ei llygaid yn union 'run lliw â'r fioledau mân a fyddai'n codi eu pennau'n swil ar ros werdd y gwanwyn. Synnai at ffyrnigrwydd eu lliw a hwythau'n ddim ond dagrau bach o liw ymysg y môr o blanhigion. Yn wir, byddai'n meddwl amdani hi bob tro y gwelai'r cymysgedd prin hwnnw o borffor a glas.

Erbyn hyn byddai hi'n camu trwy'r hesg a'i thraed yn tawelu ceiliogod y rhedyn wrth iddi nesáu atynt. Weithiau, deuai â thrysorau yn ôl iddo. Pocedaid o gerrig llyfn, nyth wedi ei thorri, neu flodyn. Weithiau, byddai hi'n dod yn ôl yn waglaw a'r haul uchel wedi gwneud dim iddi ond cryfhau'r cysgodion yn ei llygaid.

Yn y Lion y cwrddon nhw'r tro cyntaf, yng nghanol y dref, yno lle roedd ambell i ddyn busnes yn bwyta'i ginio a'r dihirod arferol yn ymgasglu ar bwys y bar. A dros gin a peppermint fe gyfaddefodd hithau ei bod hi'n gwybod yn union lle roedd y siop dop ac yntau wedyn yn cyfaddef taw y siop dop oedd y lle hawdda yn y byd i ddod o hyd iddi.

Fe esboniodd hithau ei bod hi'n gweithio gyda Price and Jones yr optegwyr ac fe atebodd yntau, 'Rwy'n gweld'. Chwerthodd y ddau gan wneud i bawb yn y bar droi ac edrych arnyn nhw. Dwedodd ef wrthi ei fod yn paratoi at fynd yn ddoctor ac erbyn yr ail gin a peppermint roedd ei bochau wedi cochi unwaith eto a gosododd yntau ei law dros ei llaw hithau.

Gan fod ei fam yn mynnu bod yn rhaid iddo olchi'i ddwylo bob tro ar ôl dod adre wedi bod mas yn caru, fe wyddai na fyddai croeso mawr iddi ar eu haelwyd. A phan rybuddiodd yntau ei fam ei bod hi'n dod draw i swper, chafodd hi mo'i synnu'n ormodol pan safodd y tri wrth y bwrdd bach ac edrych ar y ddau blat arferol wedi eu gosod arno. Pylodd hanner gwên ei fam pan wenodd hi'n garedig arni a dweud ei bod hi wedi bwyta beth bynnag, diolch yn fawr, ac fe neithe paned o de'r tro yn iawn. Croesodd ei choesau a gwenu'n boléit wrth sipian ei the o flaen y tân. Fwytodd ei fam ddim bribsyn, dim ond rhythu ar ei mab yn bwyta'n awchus gyferbyn â hi ac yntau'n ceisio meddwl sut, ac ym mhle, y medrai ofyn iddi hi ei briodi.

Fe briododd y ddau ym mis Mai a'i fam mewn siwt dywyll ac yn wên denau i gyd. Benthyciodd ffrog briodas ac wedi iddi newid i'w siwt 'mynd i ffwrdd', fe yrrodd eu ffrindiau gorau nhw i'w tŷ newydd ar y gors. Bu'r ddau'n cuddio yno am bythefnos gan esgus eu bod ar eu mis mêl. Agorodd y ddau eu hanrhegion priodas ar y llawr wrth i'r machlud gochi ar y gors. Roedd Price and Jones wedi anfon fâs o risial drom na châi ond blodau gwylltion eu gosod ynddi. Rhoesant y Teasmaid 200, roedden nhw wedi ei gael gan ei bractis newydd, wrth ymyl eu gwely. Gwenodd y ddau ar ei gilydd.

Ac fe aeth y ddau allan i gerdded y noson honno yn llonyddwch y gors. Lliw nefi tywyll oedd yr awyr ac wrth iddyn nhw gamu ymysg y mwswg fe gododd ambell gïach yn helter-sgelter o dan eu traed, gan glapio'i adenydd wrth hedfan i ffwrdd. Roedd gwres yr haul wedi codi cwmwl o bersawr oddi ar y grug a'r teim gwyllt a'r eithin wrth agor yn dawel yn y tywyllwch yn gwaedu'i arogl fel aur i'r nos. Gorweddodd y ddau ar eu cefnau yn gwylio'r sêr fel conffeti yn y nen. Teimlai'r ddau y byd yn anadlu oddi tanynt.

Cododd a sefyll am eiliad. Roedd ei de wrth ei ochr wedi oeri, fel y gwnâi bob bore a'r llaeth wedi troi'n llwydaidd. Dal biliau ac arian mân bellach roedd y fâs ar y ddreser fach ac o'i chwmpas roedd gwerth hanner can mlynedd o drysorau. Fe aeth y blynyddoedd, y naill yn dilyn y llall ac ef a heneiddiodd gyntaf. Trwy'i waith fe welodd holl wynebau angau a byddai rhyw ychydig ohono yntau'n cael ei golli wrth golli pob claf. Y plant bach oedd y gwaetha wrth i'w crwyn gael eu sathru gan y nodwyddau. Byddai hithau'n cario te iddo mewn tawelwch pan ddeuai adref â'i galon yn drom a byddai'n rhwbio'i ysgwyddau wrth iddo orwedd ar ddihun yn syllu i'r gwyll.

Erbyn iddo lwyddo i redeg ei bractis ei hun, cawsent fab. Ffarweliodd hi â Price and Jones ac â'r merched bras a weithiai yno – hithau wrth ricyn y drws yn gwasgu hances i'w llygaid wrth adael. Roedd e'n fachgen anniddig a châi wres ei thraed wrth edrych ar ei ôl. Pan oedd e'n fach, byddai hi'n eistedd yn plethu brwyn ar y gors â'i choesau fel pedol amdano. Byddai hefyd yn golchi pot jam cyn ei grogi â chortyn ac yn rhoi help i'w ddwylo bach i dynnu dyrneidiau o benbyliaid o'r jeli cryf wrth ochr y llyn. Weithiau syllai arno'n gwingo yn ei grud, gan synnu pa mor ddidrugaredd oedd natur.

Wrth ei esgor ac yn dilyn hynny, fe ddefnyddiodd ei holl egni. Daeth ei gŵr adref un noson i'w glywed yn sgrechian yn ei grud. Daeth o hyd iddi hithau ar lan y llyn yn syllu ar blisg gwas y neidr a hwnnw'n glynu wrth waelodion y brwyn yn sychu yn y gwynt. Bu hi yn yr ysbyty am ychydig wythnosau wedyn yn gorffwys. Manteisiodd ei fam ar ei chyfle i alw i'w gweld pan oedd ar ei gwannaf wrth gwrs, yn fusnes ac yn ffrwythau i gyd. A'r noson y daeth hi adref, fe gydiodd yntau ynddi a'i siglo hi yn ei freichiau o flaen y ffenest fawr nes bod ei wybren yn syth unwaith eto.

Doedd dim sôn amdani y bore 'ma. Daeth yr hen oerfel cyfarwydd yn ôl i'w stumog. Eisteddodd unwaith eto. Byddai e'n ffaelu'n deg â bwyta dim nes y deuai hi'n ôl. Bob bore, fe eisteddai wrth y ffenest yn ffrwyno'i ddychymyg. Yn lled gaeth i'w gadair, fe fyddai'n cribo trwy'i atgofion ac yn araf bach yn ceisio pilo ei deimladau fesul un. Dim ond un cam anghywir... roedd yna ddŵr dwfn, pyllau tywyll. Roedd yn rhaid iddo ymddiried yn ei greddf a gallai greddf fod yn anwadal.

Doedd dim llwybr ar y gors, dim llinell na thrywydd i'w ddilyn. Dim arwydd. Dim ond rhibin o goed, lle bydden nhw'n arfer mwynhau picnic yn yr haf a charreg, lle'r arferai'r ddau orwedd fel dau fadfall a'u boliau'n cynhesu yn yr haul ar brynhawniau tesog. Y pwll pysgota, lle bu'n dangos i'w fab sut roedd tynnu bachyn oddi ar geg y brithyll. Ac fe fyddai rhai arwyddion yn diflannu ac yn ailymddangos. Y tegeirianau a'u petalau pinc yn crynu yn yr awel a'r blodau menyn. Bob bore, byddai'n rhaid iddo obeithio bod yr arwyddion hyn yn dal yn ddigon clir yn ei meddwl.

Ar ôl i'w mab raddio, cafodd y ddau eu nyth yn ôl ac er ei fod yn ennill digon fel meddyg ac y gallasai'r ddau fod wedi symud i dŷ mwy, doedd gan y naill na'r llall unrhyw awydd gadael y gors. Gwyliai'r ddau y tir yn bywiogi bob gwanwyn ac yn rhuddo bob hydref dros hanner cant o weithiau. A thros y blynyddoedd, fe fu'r ddau yn weddol ddedwydd. Claddwyd ei fam ac fe oroesodd y ddau gyfnod pan roddodd ef ormod o sylw i un o ddoctoriaid benywaidd y dre. Cafodd hithau drafferth i gerdded ac fe fyddai'n rhaid iddo estyn te iddi ac edrych ar ei hôl. Yna, un diwrnod, fe newidiodd popeth.

Roedd wyau'r gwanwyn yn gynnes yn eu nythod pan ddaeth o hyd iddi yn nharth y bore a rhyw ddiffyg dealltwriaeth yn ei llygaid. Taenwyd nudden denau fel sidan gwyn y tu ôl i'w llygaid ac er iddo anwybyddu'r peth am rai misoedd, bu'n rhaid iddo wynebu ffeithiau. Daeth o hyd iddi 'mhen ychydig ar ôl hynny'n crwydro'r gors yn beichio llefen, a hithau wedi anghofio am yr hyn y bu'n chwilio amdano. Yn rhyfedd, roedd hi wedi anghofio'i hanallu i gerdded, a mynnai fynd bob dydd, ar hyd yr hen lwybrau. Ond o ddydd i ddydd, diflannai darn ohoni nes y'i clywodd hi'n ffonio eu mab un noson, ac yn gofyn iddo pwy oedd y dyn dierth yn ei thŷ.

Bu yntau'n cysgu yn ystafell y mab wedi hynny

gan godi weithiau ganol nos i gael golwg arni'n cysgu. Byddai ei lygaid ef yn anwylo'i hwyneb cyfarwydd, a'r hanner gwên gysurus yn ei chwsg. Un noson, a'i galon yn gwingo gymaint nes gwasgu ar ei anadl, fe gronnodd y dagrau a dihunodd hi. Daeth ato gan roi ei braich amdano ac eisteddodd y ddau ar eu gwely – a hithau'n cysuro'r dyn dierth. Yr adeg honno, fe fyddai'n dyheu am gael suddo i galon y gors. Gadael i'r düwch ei gymryd ond roedd yn gwybod y deuai hynny'n ddigon cyflym.

Edrychodd unwaith eto. Gwelai symudiad ar y gorwel. Cododd, a'i galon yn dechrau curo. Roedd anghofio am y rhan fwyaf o'i bywyd wedi rhidlo'r atgofion pwysig oddi wrth y rhai dibwys. Ac wrth i'w chof ddiosg ei hatgofion fesul un, fe adawodd y pethau pwysig ar ôl. Roedd ei phen yn llawn o'r gors a chaneuon yr adar ac wedi hynny y dynfa am adref. Gwenodd yntau arni. Tyfai'n dalach wrth iddi agosáu. Roedd yr haul yn dal ei gwallt yn euraid. Gwenai, a golau'r bore'n gwneud i'w llygaid fioled ddawnsio. Trwy'r gwydr, fe deimlai'r dynfa gyfarwydd yn llinyn arian rhwng y ddau. Edrychodd arni a chodi ei law i orffwys ar y ffenest. Doedd hi erioed wedi edrych yn brydferthach nag y gwnaethai yn ystod yr eiliad honno. Safodd a gwenu arno – wedi ei fframio yn y ffenest a phlu'r gweunydd ar dân o'i chwmpas.

Y Pysgotwr

YN YSTOD YR oriau tywyllaf y dylid dal sewin, ar ôl i'r hwyrddydd hofran ei ola uwchben y dŵr gan ddal y gwybed yn un côr yn ei olau ambr. Rhaid aros, nes bod gwynt traed y meirw wedi distewi a'r cymylau wedi gwasgu'r golau o'r ffurfafen. Rhaid bod yr haf ar ei frasa yn y coed a chyffyrddiad y gwyll wedi llacio persawr y perlysiau o gwmpas yr afon. Dim ond bryd hynny mae hi'n werth cawio plufen yng ngolau lamp gyda'r hwyr.

Byddai cawio plufen yr un ffunud â phry yn dda i ddim i ddal sewin. Byddai'n bosib mynd â rhwyd at yr afon a chasglu hoff bryfed yr eog a'r brithyll, cyn mynd â nhw adref ac yna eu hail-greu gyda phlu a ffwr ac edau. Fe fyddai'r pysgod hynny a'u hawch ffyrnig am fwyd yn codi'n un chwip o gynffon i lyncu'r abwyd. Ond yn y môr y bydd y sewin yn bwydo a rhaid ceisio'i demtio gyda mwy na rhywbeth mor amrwd â blys am fwyd.

Bu Aneurin yn eistedd wrth ei ddesg fach yn y sied ar waelod yr ardd ers wythnosau. Bob nos, byddai'n aros nes bod sŵn y plant wedi distewi a'i wraig wedi cau'r drws yn ddiamynedd ar ei ôl cyn diffodd y goleuadau, fesul un. Byddai'r ddesg fach yn lloches iddo ac wrth i ymosodiad y dydd orffen, byddai'n syllu ar y deunyddiau lliwgar o'i flaen a'r posibiliadau di-ben-draw roeddent yn eu cynnig.

Roedd ganddo lond droriau o ddeunyddiau wedi eu casglu, eu prynu a'u benthyg gan natur. Roedd ganddo blu wrth gwrs, o war ceiliog ac adain brân. Uwch ei ben hongiai dwy neu dair cynffon wiwer a'u blewiach ysgafn yn tywyllu tuag at eu blaen. Mewn hen bot jam roedd ganddo ffwr morlo a chynffon sgwarnog a phlu iâr y mynydd yn llawn smotiau hufen. Yn ogystal cawsai ffwr hydd a blew ceffyl. Weithiau byddai'n cerdded y caeau hefyd i godi brale o wlân oddi ar ffensys pigog a rhoddai bysgodyn i ambell ffermwr am ddyrned o wlân coch o war hwrdd Cymreig. Gyda'r deunyddiau hyn medrai ail-greu'r patrymau lleol – y Troellwr, Coch-y-bonddu, yr Haul-a-gwynt a'r Rhwyfwr – ond fyddai dal pysgodyn gan ddefnyddio patrwm rhywun arall ddim yr un peth â dal pysgodyn gan ddefnyddio ei greadigaeth ei hunan. Wedi gorffen eu blu, byddai'n eu gosod o dan olau'r lamp er mwyn gwylio bywyd yn crynu y tu mewn iddynt a'r gwrid yn sgleinio ar hyd y plu. Byddai ei fol yn tynhau a'i wên yn llydan wrth iddo ddynwared creadigaethau'r byd.

Camodd Aneurin drwy'r tywyllwch gan deimlo gwlith y borfa'n llusgo ar hyd ei draed. Roedd ei abwyd newydd yn dynn yn ei boced ac yntau wedi aros wythnosau er mwyn gweld a gâi wobr am ei amynedd. Roedd angen swyno'r sewin. Byddai tynnu plufen trwy'r dŵr ar ei bwys yn gwneud i'w gorff grynu gan chwant. Fe fyddai'n rhaid ei demtio, ei demtio gyda rhywbeth nad oedd ei angen arno. Meddyliodd efallai byddai gan y sewin hiraeth am y môr a gweodd blufen o liw'r môr i'r abwyd. Rhoddodd gynffon ddu iddi o blufen brân a fyddai'n sgleinio'n ddulas ac yn plycio drwy'r dŵr fel pe bai wedi ei niweidio. Byddai'r sewin yn siŵr o gael ei ddenu gan greadur clwyfedig. I orffen y saig bach prydferth, fe droellodd edau arian o gwmpas ei fola yng ngolau'r lamp, gan wylio pelydr o arian yn rhedeg ar ei hyd. Byddai hwnnw'n sgleinio'n beryglus yn y dŵr tywyll.

Teimlodd traed Aneurin fod y llwybr yn dod i ben a throdd i'r dde. Fe wyddai bob cam o'r ffordd yn reddfol ac wrth iddo golli ei olwg yn y tywyllwch, byddai ei synhwyrau eraill yn dihuno un ar y tro fel goleuadau. Gwrandawodd ar y dŵr gan gadw'r afon ar y dde iddo. Aroglodd y planhigion a gâi eu cleisio dan ei draed a medrai bron flasu melyster oer y dŵr.

Roedd ei wraig yn dawel y noson honno, fel y byddai bob nos. Ar y dechrau, byddai'n mwynhau'r amser hamdden a gâi wrth iddo fe dreulio ambell noson yn y sied, ond yn ddiweddar, teimlai'n anniddig ac roedd llinell ei hwyneb wedi caledu. Mewn gwirionedd, doedd e ddim wedi edrych arni'n iawn cyn ei phriodi. Cawsai ei ddallu. Roedd edrych arni fel edrych yn syth i mewn i'r haul ac, o feddwl, fe ddylasai ef fod wedi sylweddoli mai gyda'r nos roedd yntau'n teimlo gyfforddus. Dim ond yn ddiweddar, a'r cariad a oedd ganddo unwaith tuag ati'n diferu i'r nos, y medrodd edrych arni'n iawn. Roedd ei chorff wedi meddalu fel gwêr, gwyn ei llygaid yn amlycach rywfodd, a'i hamynedd yn brin.

Cyrhaeddodd Aneurin ochr yr afon a dadbacio. Tynnodd y wialen i'w llawn hyd a sefyll wrth ochr y dŵr. Estynnodd i'w boced a thynnu'r blufen newydd oddi yno. Edrychodd arni fel trysor a'r arian yn nadreddu trwy'r nos. Gwenodd. Gwrandawodd ar chwip y wialen a'r abwyd yn agor y dŵr.

Hi oedd wedi ei ddenu yntau, a'i gwên lachar wedi disgleirio drwy oriau tywyllaf ei briodas gynta. Nid oedd wedi ei syfrdanu, fel y gwnaethai pan gyfarfu â Ceri. Roedd angen Ceri arno, o'r eiliad y'i gwelodd hi, â'i gwallt tywyll liw'r mawn a chroen golau yn llawn brychni fel wy aderyn. Roedd rhywbeth bregus amdani, rhywbeth brau fel plisgyn a byddai arno ofn cyffwrdd ynddi rhag ofn i'w ddwylo gleisio'i chroen golau.

Cafodd sioc annisgwyl y noson gyntaf wrth iddyn nhw orwedd ym mreichiau ei gilydd. Roedd gwres cynddeiriog yn ei chorff a'i bysedd yn nadreddu ei wallt. Roedd angerdd yn ei chluniau eiddil a'i breichiau sidanaidd yn plethu amdano. Gorweddodd yn ei gwylio'n cysgu a lleithder ei chusanau a'i dagrau'n dal ar ei wyneb. Dihunodd y ddau fore trannoeth a'u traed noeth yn cydblethu gan wybod y byddent yn priodi. Roedd yr abwyd a gynigiodd Sioned iddo yn abwyd hollol wahanol. Tynnodd Aneurin y wialen yn ôl a'i chwipio ychydig ymhellach i lawr yn y pwll.

Bu Ceri'n onest wrtho, ac am hynny allai Aneurin ddim gweld bai arni. Fe ddwedodd wrtho'n syth nad oedd hi eisiau plant. Yn ei hôl hi, doedd dim gronyn o deimlad mamol yn ei chorff. Meddyliodd yntau'n hir am y peth ond roedd y boen o gael ei wahanu oddi wrthi'n ormod iddo. Wedi'r cyfan, roedd y ddau yn ifanc ac efallai y byddai'n newid ei meddwl. Cafodd y ddau fywyd dedwydd. Roedd ganddi galon llawn antur a ffordd newydd o weld y byd ac fe deithiodd y ddau yn eang am flynyddoedd ond, ymhen amser, fe deimlai Aneurin rywbeth yn tynnu ar ei galon.

Anwybyddodd y dynfa am gyfnod nes iddo sylweddoli mai angen angor oedd arno. Angen cartref a phlant. Soniodd am y peth wrthi ac edrychodd hithau arno mewn ofn. Gwelwodd ei llygaid a sylweddolodd yntau bod yr ofn o glywed hynny wedi'i phoeni ers amser. Ac fe dyfodd yr ysfa ynddo nes y llenwai gwenau plant bob munud o'i fywyd. Sylwai ar dadau yn y stryd a dilynodd un ohonyn nhw unwaith wrth i hwnnw gario'i grwt bach ar ei ysgwyddau yr holl ffordd i'r parc. Eisteddodd yno a'i lygaid wedi eu swyno a'r boen yn boen go iawn yn ei fol. Bu hithau'n amyneddgar wrth ailadrodd ei gwrthwynebiad. Aeth ei erfyn yntau'n daerach. Dadleuai fod y ddau yn mynd yn hŷn, a bod rhaid ystyried hynny. Byddai hithau'n troi i ffwrdd oddi wrtho bob nos. Pan ddihunai yntau o'i freuddwydion llawn gwenau plant bach, fe gydiai hithau ynddo a gwasgu'r chwys oddi ar ei dalcen ond fe sylweddolai fod ei chorff wedi oeri. Gwaedai ei feddwl o ddelweddau o garu a chreu. Un noson, a'r crychau'n ddyfnach o gwmpas ei lygaid, fe edrychodd arni'n cysgu, ei chroen yn dal yn wyn, ond wedi caledi'n farmor dan ei fysedd. Roedd ei chluniau'n hesb a'r gwefusau'n galed.

Gwrandawodd Aneurin ar dylluan yn y pellter cyn tynnu'r wialen yn ôl. Fflachiodd y blufen yn y tywyllwch. Dyna pryd y denwyd ef. Roedd gan y ferch newydd gorff meddal, tal. Roedd lled yn ei chluniau ac roedd ganddi blant eisoes. Gwenodd arno'n ffrwythlon a rhannu ei chwerthiniad ag ef. Doedd gan y ddau ddim llawer i siarad amdano ond gwnâi eu cyrff addewidion na allai

Aneurin eu gwadu. Cyfaddefodd wrth Ceri ac fe wyliodd ei llygaid brau yn gorlifo mewn dagrau. Bu yntau'n galaru ers blynyddoedd. Rhannwyd y tŷ yn gyfartal ac fe ailbriododd ef.

Doedd dim sôn am y sewin. Roedd yn siŵr y byddai'r abwyd newydd yn gweithio. Chwipiodd y wialen ymhellach i lawr y llif. Efallai fod gormod o 'sŵn' gan y blufen yn y dŵr. Efallai nad oedd y lliwiau'n ddigon deniadol. Teimlai ryw siom yn codi drwyddo. Chwipiodd unwaith eto.

Gwnaeth Sioned iddo symud cartref wrth gwrs. Fe bwysleisiodd pa mor bwysig oedd newid ardal, dechrau o'r newydd, ac fe lanwyd ei oriau wrth iddo edrych ar ôl ei phlant. Gwenodd hithau arno a'i wylio'n mynd â nhw gydag ef i bobman. Roedd Aneurin yn ymroi i fod yn dad a'r plant yn ymateb yr un mor frwd. Cafodd egni newydd mewn ardal newydd ac ni chafodd amser i feddwl am y gorffennol.

Doedd ar Sioned ddim eisiau plentyn arall yn syth wrth gwrs, fe ddeallai Aneurin hynny. Roedd y ddau blentyn yn dal yn fach a'r ddau eisiau mwynhau eu perthynas â'i gilydd. A phan gododd Aneurin y cwestiwn ymhen blynyddoedd, fe wenodd hithau'n lletach gan bwysleisio cymaint o ryddid oedd gan y ddau gan fod y plant yn tyfu mor gyflym. Roedd ei phlant erbyn hyn yn gymeriadau mwy annibynnol ac yn treulio tipyn o'u hamser gyda'u tad gwreiddiol ar benwythnosau. Ond pan fyddent adre teimlai ef fod rhyw ddirmyg yn eu llygaid wrth iddynt edrych tuag ato. Yn araf, fe oerodd ei galon wrth iddo wrando ar yr un esgusodion ag a glywsai flynyddoedd ynghynt gan ferch arall. Roedd wedi sylweddoli erbyn hynny mai chwilio am dad i'w phlant presennol roedd Sioned, yn hytrach nag am dad i'w phlant newydd. Wedi'r cyfan, roedd bywyd yn anodd iddi a hithau'n magu dau blentyn bach. Doedd ganddi ddim bwriad cael plentyn ganddo ef.

Llusgodd y blynyddoedd ac fe chwerwodd yntau. Ymbellhaodd oddi wrth y plant a phan fyddai yn eu canol byddai eu sŵn yn ei fyddaru. Yn oriau'r tywyllwch, byddai'n troi at yr afon a'i blu ac at ei atgofion am Ceri. Am y tro cyntaf erioed, gwelsai fod ei gonestrwydd yn gryfder. Meddyliodd am ei chorff llyfn ac am ei gwên. Hiraethai amdani yng nghanol y nos wrth orwedd yn ymyl Sioned. Torrwyd ei galon pan glywodd fod Ceri wedi ailbriodi flynyddoedd ynghynt. Teimlai Sioned ei oerni ac oerodd ei chynddaredd hithau'n araf bach wrth iddi dderbyn y sefyllfa.

Teimlodd blwc ar y wialen a chrymodd ei chefn hyd

at y dŵr. Saethodd trydan drwy ei gorff a thynnwyd ei feddyliau yn ôl i'r presennol. Crynai ei ddwylo wrth i gynffon gorddi'r dŵr. Roedd y lein wedi'u thynnu'n dynn fel nerf. Syllodd drwy'r gwyll a'r frwydr yn y dŵr yn llenwi ei glustiau. Tynnodd y lein i mewn yn araf bach. Roedd addewid mawr ym mhwysau'r tyndra. Lledodd du ei lygaid yn y tywyllwch a pheidiodd y byd â bodoli. Dyma'i wobr. Craffodd drwy'r tywyllwch. Roedd hi'n amhosib gweld y pysgodyn. Dylai ei gefn arian fod yn y golwg erbyn hyn. Curai ei galon yn boenus nes ei fod yn medru ei chlywed yn ei ben. Cynhesodd ei waed fel y byddai'n arfer gwneud o dan gyffyrddiadau Ceri. Roedd croen ei ddwylo'n gwynnu wrth wasgu'r wialen mor dynn.

Byddai'n rhaid iddo flino'r creadur. Darllen y frwydr. Ceisio deall beth fyddai'r pysgodyn yn ei wneud nesaf. Teimlodd y lein yn llacio. Byddai'r sewin yn cylchu o dan y dŵr erbyn hyn. Tynnodd y lein ychydig yn dynnach. Sychodd ei dalcen â'i law yn y tywyllwch. Edrychodd eto am arwydd o'r pysgodyn. Dim byd. Tynnodd y lein yn dynnach eto. Teimlodd ei gorff yn fflamio. Byddai'n rhaid iddo ddeall. Rhagweld beth wnâi'r pysgodyn craff. Roedd y frwydr yn siŵr o'i flino.

Yna, gyda phlwc, fe ddihangodd. Llaciodd y lein.

Sythodd y wialen. Llaciodd ysgwyddau Aneurin. A thrwy'r tywyllwch gwyliodd y blufen yn rhaflo oddi ar y lein ac yn sgleinio'n arian cyn suddo'n araf i berfeddion yr afon. Safodd Aneurin yno, yn ei gwylio'n diflannu. Craffodd am gipolwg o'r pysgodyn. Ac am eiliad, o gornel ei lygaid, meddyliodd iddo weld ei gefn llydan yn sleifio i'r dŵr dwfn.

Aeth blynyddoedd heibio cyn iddo weld Ceri unwaith yn rhagor. Ei gweld ar hap a damwain wnaeth e yn y diwedd. Roedd hi'n cerdded ar lan yr afon ac yntau Aneurin wrthi'n pysgota ar yr ochr arall. Gwnaeth ei hadnabod yn syth – ei gwallt fel lliw'r mawn a'i chorff yn dal yn eiddil. Cododd ar ei draed wrth ei gweld, yn barod i weiddi arni. Yna safodd yn stond. Roedd hi wedi sefyll ac roedd hi'n gwenu wrth i'r dŵr daflu ei gysgodion o'i chwmpas. Bron na allai ei fysedd deimlo'i chroen llyfn, a dilynodd ei llygaid tuag at y plentyn a redai tuag ati, a'i freichiau led y pen ar agor.

Eos

EI LLAIS HI oedd y peth cyntaf y sylwodd arno. Roedd hynny'n rhyfedd, o'i gweld hi heno yn ei ffrog goch o flaen y gwydr ar y landin. Wrth iddi ganolbwyntio ar wasgu bachyn y perl bach ystyfnig trwy'r twll yn ei chlust roedd ei llygaid yn rhyw gilagored. Roedd hi'r un ffunud â'i wraig pan oedd hithau'n ifanc – yr un gwallt tywyll sidanaidd a'r un crychau o gwmpas ei llygaid pan fyddai hi'n chwerthin. Gwasgodd boced ei siwt orau a theimlo pwysau'r bocs bach oedd yno. Edrychodd arni o waelod y stâr a throdd hithau i wenu arno.

Er mor brydferth ei gwên roedd ei llais hyd yn oed yn fwy swynol. Doedd dim rhaid iddi ymladd â geiriau na'u llusgo'n groch o berfeddion ei bod fel y byddai'n rhaid i'r rhan fwyaf o bobl ei wneud. Yn hytrach, roedd ei gwddf fel offeryn a phob sill yn crynu drwyddi gan fywiogi ei hwyneb. Byddai'r geiriau a ddeuai o'i gwefusau hi'n fwy crwn rywfodd a llyfnder ei llais yn byrlymu'n ewyn o chwerthin ar brydiau.

'Barod?'

Nodiodd hithau a gadael i'r sidan coch sisial o gwmpas ei thraed wrth iddi gerdded i lawr y stepiau tuag ato. Dilynodd hi gyda'i lygaid a gwrido wrth iddi bwyso tuag ato a'i gusanu ar ei foch.

Roedd e wedi glanhau'r car ddwywaith a chasglodd

odre'r ffrog o gwmpas ei phigyrnau er mwyn osgoi cau'r defnydd yn y drws. Allai e ddim cofio pryd oedd y tro diwetha yr aeth â merch allan gyda'r nos yn ei gar. Mae'n rhaid mai ei wraig oedd hi. Byddai'r ddau'n mynd am dro yn aml gyda'r hwyr, 'jest i weld y sêr'. Gwenodd wrth feddwl amdani. Doedd dim golwg o'r sêr heno. Bu'r gwres yn gwasgu ar hyd yr arfordir ers wythnosau, a'r cynhesrwydd wedi cronni yng nghyrff pawb gan loywi eu crwyn. Wrth i'r ddau yrru tuag at y dre mewn tawelwch, fflachiai ambell fellten ymhell i ffwrdd ar y gorwel. Cadwai hithau ei llais drwy gadw'n dawel a thrwy redeg ei geiriau yn un rîl yn ei phen drosodd a throsodd. Roedd yntau'n ymbalfalu i ddod o hyd i'r geiriau cywir, yn teimlo ochrau'r bocs bach lledr yn ei bigo drwy ddefnydd rhad y siwt. Gwibiodd llygaid y ddau at y fellten a oleuodd y nos yn ddydd am eiliad.

Yng nghanol y dre roedd y theatr. Agorodd yntau ddrws y car iddi a rhoddodd hithau hanner gwên iddo gan grymu ei phen yn theatraidd. Treuliasai'r ddau'r prynhawn hwnnw yn ei chrombil oer cyn mynd adre i newid. Roedd yr ymarferion wedi para drwy'r prynhawn ac yntau'n ei gyrru ac yn gofalu amdani fel y byddai ganddi'r rhyddid i ganolbwyntio'n llwyr ar ei chaneuon.

Roedd hi wedi bod yn canu erioed, er pan oedd hi'n

groten fach, ond roedd ei llais yn dynn ac yn denau bryd hynny, ac er y byddai hi'n canu'n gywir, châi hi ddim gwefr wrth wneud. Rhoddodd y gorau iddi a mynd am swydd yn y dre. Bu'n rhaid iddi dorri ei chalon cyn iddi ddod o hyd i'w llais, yn ddwfn y tu mewn iddi. Bu'n rhaid iddi deimlo iselder hyd at fer ei hesgyrn ac uffern yn ei hollti'n ddwy cyn y llwyddodd i ryddhau'r nodau. A phan fyddai hi'n canu, fe fyddai'r nodau'n ei hamgylchynu ac yn hongian yn yr awyr o'i chwmpas. Ac fel yr eos wrth iddi ganu'n daerach gyda'r nos, fe ganodd hithau yn ei thywyllwch nes bod ei llais yn ymestyn i galonnau eraill ac yn eu torri'n ddwy. Daeth mwy i glywed am yr eos, a daeth mwy i wrando arni. Lledodd y sôn amdani a heno, am y tro cynta, byddai hi'n cynnal cyngerdd ar ei phen ei hun.

Camodd y ddau i fyny'r stepiau llydan o flaen y theatr a sleifio heibio'r bwrlwm o ffrogiau lliwgar oedd yn cronni o flaen y drysau mawrion. Roedd merched bochgoch yn chwifio eu rhaglenni er mwyn symud yr aer o'u cwmpas a'u gwŷr yn sefyllian ar y stepiau – yn aros y tu allan cyn hired ag y medrent cyn mynd i mewn i'r theatr fyglyd. Sleifiodd y ddau drwy ddrws ochr y theatr a sylwodd yntau ar y bachgen ifanc yn ei siwt yn pwyso ar wal gerllaw. Safodd am eiliad a chododd y bachgen ei lygaid wrth glywed y wisg o sidan coch yn siffrwd heibio iddo. Daliodd y dyn ifanc a'r hen ddyn lygaid ei gilydd am eiliad. Cochodd y gŵr ifanc, a suddodd calon yr hynaf. Daeth hithau yn ei hôl, wedi gweld ei eisiau a chydiodd yn ei law a'i dynnu drwy'r dorf. Curodd ar ddrws trwm ac agorwyd ef gan hen borthor. Gwenodd arni a diflannodd hithau i mewn i'r tywyllwch. Camodd yntau, cyn stopio'n stond unwaith eto. Safodd wrth y drws. Daeth hithau'n ôl i chwilio amdano unwaith yn rhagor.

'Dewch…'

Siglodd yntau ei ben. Lledodd ei llygaid a throdd ei thalcen yn gwestiwn. Ymbalfalodd yntau ym mhoced ei siwt. Tynnodd y blwch oddi yno a'i gynnig iddi oddi ar gledr ei law.

'Rhywbeth i ti… ar gyfer heno… am lwc.'

Edrychodd hithau ar y blwch a chochi.

'Do's dim isie…'

'Na…na…' meddai eto gan ei wthio tuag ati. Roedd yr hen borthor wedi troi oddi wrthynt.

Estynnodd ei llaw a chydio yn y sgwaryn bach o ledr lliw nefi a'i agor yn araf.

Roedd y perl yn hongian ar tsiaen denau o aur. Daliodd y golau'r cadwyni mân. Cododd ei phen i edrych arno a rhyw leithder yng nghorneli ei llygaid gwyrdd. Roedd yn matsio'r clustdlysau a roddodd ei gŵr iddi'n berffaith. Nodiodd yntau a'i throi oddi wrtho cyn iddi ddal ei lygaid. Cododd hithau ei gwallt oddi ar ei hysgwyddau gwynion. Teimlodd gryndod ei ddwylo drwy linyn y tsiaen a suddodd ei chalon. Teimlai yntau ei fysedd yn drwsgwl ac yn dew wrth gydio yn y slywen fach denau. Bu'n rhaid iddo drio sawl gwaith cyn llwyddo i gau'r bachyn. O'r diwedd, roedd y gadwyn yn gylch perffaith ar groen ei gwddf hir. Trodd hithau i edrych arno a golau'r perl yn gloywi ei llygaid.

''Na ti… ti'n barod nawr…'

'Ody'r tocyn…?'

'Ody…' atebodd yntau cyn iddi gael amser i ofyn. 'Bydda i 'na… bydda i 'na ar gyfer pob nodyn…'

Nodiodd hithau. Sylwodd yntau fod y fflachiadau o fellt yn dal i oleuo'r awyr wrth iddynt agosáu.

'Byddi di'n berffaith… fel eos…'

Cydiodd hithau yn ei ddwylo a'u gwasgu.

'Ac ar ôl 'ny…?'

'Bydda i yno…'

Nodiodd hithau eto a'r nerfau'n cynhyrfu ei pherfedd. Gwenodd yntau ar y porthor wrth ei gwylio hi'n diflannu ar hyd y coridor tywyll a'r sidan ysgarlad yn codi y tu ôl i'w sodlau gyda phob cam.

Roedd y lobi'n wag a phawb wedi mynd i eistedd allan yn y gwres. Y tu ôl i'r bar roedd gweinydd diamynedd yr olwg yn sychu'r gwydrau. Cymrodd ddiod cyn eistedd ac edrych ar oleuadau'r ddinas. Fyddai ef a'i wraig byth yn mynd i'r theatr. Fe fyddai'n well ganddi hi fynd am bicnic i'r coed neu am dro yn y mynyddoedd. Hyd yn oed pan aeth hi'n sâl, roedd ei llygaid yn dal yn llawn bwrlwm a'i gwên yn llawn cynlluniau. O'i flaen roedd y nos yn taranu gan oleuo'r ddinas. Clywodd y gloch. Roedd pobl yn mynd i'w seddau. Arhosodd gan eu gwylio'n gwasgu'u cyrff drwy'r drysau. Roedd dafnau trwm o law wedi dechrau cnocio ar y ffenestri.

Roedd e'n falch i'w wraig gael ei hachub rhag y galar. Ond yn ei alar y gwelsai ei heisiau hi fwyaf. Hi fyddai'n gwybod sut byddai wedi medru cysuro'r wraig ifanc orau. Hi fyddai wedi medru gwneud iddi edrych i mewn i'w llygaid a hithau'n dal i syllu'n ddi-dor tua'r gorwel. Gwnaeth yntau ei orau ond roedd ei eiriau'n drwsgwl a'i fynegiant yn lletchwith. Fe gydiodd ynddi, heb eiriau, wrth i'r feddyginiaeth a gawsai dawelu ei galar. Bu'n ei gwylio'n ofalus wedyn wrth iddi gysgu ar y soffa am ddiwrnodau. A hithau wedi colli ei gŵr a'i hunig gariad, roedd yntau wedi colli ei unig fab. Bu'r gwacter ym mywydau'r ddau rywsut yn gysur iddynt ac roedd gweld ei golli yn ei gadw'n fyw. Roedd y drysau'n cau. Cododd a cherdded yn araf i sefyll wrth y drws cefn. Clywodd y glaw yn curo'n drwm ar do'r theatr a'r gwres dychrynllyd yn dechrau llacio'i afael.

Torrodd ei galar ei henaid a thu ôl i bob nodyn bach roedd holl wybodaeth angau. Ac wrth i'r machlud waedu ar hyd yr awyr, fe fyddai hi'n gwisgo'i sidan ar lwyfan ac yn arllwys ei phoen a'i galar i'r tywyllwch. Byddai'r nodau'n crynu y tu mewn i'w gwrandawyr ac yn disodli dagrau eu llygaid.

Dechreuodd y gerddorfa chwarae a chododd y clapio fel petai haid o adar yn codi i ehedeg. Fe'i gwelodd o gefn y neuadd a'r sidan coch yn disgleirio. Llanwyd ei galon â chariad tuag ati. Trodd a cherdded drwy'r drws unwaith yn rhagor wrth i'r nodyn perffaith cyntaf godi y tu ôl iddo.

Roedd e wedi sylwi ar y bachgen ifanc ers rhai misoedd. Yn dod i'r ymarferion. Yn eistedd yn y gynulleidfa. Roedd hithau wedi sylwi arno hefyd. Sylwodd ef hefyd sut y câi ei llygaid hi eu denu tuag at wyneb y bachgen a'r modd y byddai hi'n eu chwipio nhw oddi yno pan sylweddolai ei fod ef yn sylwi. Gwenodd. Fel yna y gwnaeth ei wraig ac yntau edrych ar ei gilydd y tro cyntaf. Tynnodd ei siaced yn dynn amdano. Byddai'r bachgen ifanc yn siŵr o'i hebrwng hi adre yn ei gar. Fe fyddai'n siŵr o gynnig iddi, ac yn ei absenoldeb ef byddai hithau'n siŵr o dderbyn. Roedd hi'n hen bryd iddo adael. Safodd am eiliad gan dynnu anadl hir ar y stepiau llydan a theimlo'r gwres yn llacio o'i gwmpas cyn cerdded yn araf drwy'r glaw.

Y Potsiwr

GOSODODD Y NODWYDD yng nghorff y fflam a'i law yn crynu. Roedd y gannwyll yn wylo gwêr yn ddagrau tew erbyn hyn a throdd y pigyn yn ei fysedd gan deimlo'r gwres ar ei hyd. Cydiodd y bachgen mewn cnewyllyn caled o india corn a gwasgu'r nodwydd porpoeth i mewn iddo gan losgi twll trwy'i ganol. Gwenodd wrth weld y pigyn yn twrio a theimlodd ryw ryddhad rhyfedd o weld y nodwydd yn trywanu'r galon fach galed. Tynnodd hi o'r twll a'i gwthio i ddernyn arall cyn iddi oeri.

Roedd e wedi bod wrth y gwaith yn y gegin fach ers nosweithiau a'r celfi trwm o'i amgylch yn taflu eu cysgodion dros y bachgen a'i ben yn grwm. Caeodd ei lygaid ychydig wrth ganolbwyntio. Gwyddai y byddai'n ddiogel heno eto am fod ei fam wedi clwydo'n gynnar a'i bol yn drwm gan fabi, tra bod ei dad ar grwydr yn rhywle.

Erbyn hyn, roedd ganddo bentwr gweddol o india corn, pob un â thwll bach trwy ei berfedd. Gwenodd gan dyllu trwy'r darnau diwethaf. Fyddai gan ei dad ddim digon o amynedd at y fath bethau. Cyn i'w dad-cu farw, byddai hwnnw'n mynd ag ef allan i droedio drwy'r goedwig ym mherfeddion y nos, a'r ddau'n gwrando ar y calonnau'n curo yn y coed uwch eu pennau. Byddai'r ffesantod yn anadlu'n ysgafn a'u brestiau'n feddal ac yn gynnes fel ticin gwely. Disgleiriai llygaid ei dad-cu wrth iddo roi ei law ar ysgwydd ei ŵyr a'i ddysgu i wrando a sylwi ar bob symudiad llechwraidd a ddeuai o'r dail o'u cwmpas. Ond, doedd e ddim wedi bod allan unwaith ers ei golli.

Gorffennodd dyllu'r darn diwethaf o india corn a thynnodd y pentwr i ganol y ford o'i flaen. Cydiodd yn y nodwydd unwaith eto a thynnodd gynffon pellen o edau gan dynnu hyd braich ohoni. Torrodd yr hyd cywir â'i ddannedd a llyfu blaen y llinyn i greu pigyn er mwyn ei wthio drwy lygad y nodwydd. Clymodd gynffon y dafedd yn gwlwm tew, cydiodd mewn darn o india corn a gwthio'r nodwydd drwy'r twll. Tynnodd hwnnw wedyn ar hyd y dafedd i'w gwaelod. Dilynodd un arall ac un arall. Fesul un, gwasgodd y nodwydd drwy'r tyllau gan dynnu'r cnewyllau bach caled ar hyd y dafedd yn un rhes hir. Clymodd gwlwm rhwng pob un wrth weithio. Sylwodd fod y gannwyll yn llosgi'n isel erbyn hyn. Roedd ei fysedd yn goch ac yntau wedi dioddef sawl pigiad gan y nodwydd ond fe weithiodd nes bod pob un o'r dafnau bach sgleiniog yn crogi ar y llinyn. Clymodd gwlwm arall wrth i olau'r gannwyll ddechrau tagu. Diffoddodd hi a gwenu'n dawel yn y tywyllwch gan arogli'r goleuni'n troi'n rhuban o fwg.

Gwthiodd y rhes i'w boced yn y gwyll a llenwodd

boced arall o india corn cyffredin cyn dringo'r stâr hyd at eu hanner yn ddistaw bach i wrando ar anadlu cysurus ei fam. Ar ôl gwrando am ennyd, trodd a gwisgo'i got fowr a chau'r drws mas yn dawel ar ei ôl.

Roedd hi'n noson oer a'r lleuad yn goleuo llwybr gwlybedd drwy'r ardd. Glynai'r dail marw wrth odre'r coed, a phopeth yn yr ardd bellach yn tynnu at ei derfyn. Edrychodd o'i gwmpas cyn camu allan trwy'r giât bren i'r hewl. Cyflymodd ei galon wrth feddwl am yr hyn oedd o'i flaen. Ei dad-cu a'i dysgodd am natur. Nid am flodau na phlanhigion, wrth gwrs, ond am natur go iawn. Fe'i dysgodd fod gan bob peth byw reddf, rhyw dywyllwch ynddo a achosai iddo fihafio yn ôl ei anian. Gallai rhywun ddefnyddio'r allwedd hon, y chwantau hyn er mwyn deall creaduriaid y byd.

Adroddodd ei dad-cu stori wrtho am ddyn a chanddo gi. Roedd y ci wedi bod yn ffyddlon iddo ers blynyddoedd, yn gwmni ac yn ddifyrrwch. Ond, un diwrnod, wedi i'r dyn gwympo a chnocio'i ben nes ei fod yn anymwybodol, fe fwytaodd y ci dri o'i fysedd wrth iddo orwedd ar lawr. Roedd gweld cig a gwaed yn llonydd ar lawr wedi bod yn ormod o demtasiwn iddo. Dyna oedd ei natur, ac fe ddeuai anian i'r fei, yn hwyr neu yn hwyrach.

Sylwodd y bachgen ei bod hi'n oeri wrth iddo nesáu

at y goedwig. Roedd y coed yn edrych yn dywyllach ac yn dalach heno heb olau cwmni ei dad-cu. Gwthiodd ei ddwylo i'w boced a chyfri'r gleiniau fel rosari o dan ei ewin. Safodd am eiliad wrth ymyl y goedwig gan dynnu ei hun i'w lawn daldra. Cymerodd anadl hir a chamu dros y weiren gan deimlo'r drysni'n cydio yn nefnydd ei drowsus. Crymodd ei ben wedyn yn reddfol, rhag ofn bod rhywun o gwmpas.

Trachwant oedd ar bob ffesant. Dyna beth ddwedodd ei dad-cu. Roedd rhywbeth cynhenid yn ei natur oedd yn gwneud iddo fod eisiau mwy a mwy o hyd. Doedd dim digon i'w gael iddo. Ond roedd hynny'n wendid y gellid ei ddefnyddio. Gwrandawodd ar y coed uwchben a gwelodd siapiau tywyll yn y brigau yn erbyn y lleuad lachar. Damsgynodd ar frigyn a thorrodd hwnnw gyda chlec. Clywodd blu yn cael eu haildrefnu. Ataliodd ei anadlu am eiliad. Arhosodd iddynt ddistewi cyn cripio ymlaen i ganol y coed.

Daeth o hyd i'r goeden iawn a sawl clais du yn ei breichiau. Roedd nifer o gyrff yn cysgu yn ei changhennau. Safodd oddi tani am eiliad. Aeth ar ei gwrcwd. Tynnodd yr india corn rhydd o'i boced a'u rhoi'n bentwr taclus wrth fôn y goeden. Roedd ei ddwylo'n crynu. Yna, tynnodd y neclis aur allan a'i gwthio'n un bwndel i ganol y corn rhydd. Cuddiodd y dafedd yn llwyr o dan ragor o india corn. Edrychodd ar y pentwr yng ngolau'r lleuad. Cododd ei ben a sibrwd gweddi fach wrth weld y cyrff uwchben. Cododd yn araf bach a symud am yn ôl. Cerddodd i gyfeiriad llwyn o ddrysni a dod o hyd i le i eistedd yn y cysgod. Aeth ar ei gwrcwd, tynnu dail o'i gwmpas ac aros.

Gwyddai y byddai boliau'r ffesantod yn eu dihuno gyda'r wawr. Wrth i olau dyfrllyd y bore foddi'r coed, byddent yn codi i wyneb eu trwmgwsg ac yn dihuno'i gilydd er mwyn cwympo'n drwm ar lawr y goedwig.

Roedd y dail yn sibrwd o'i amgylch ac ambell sŵn o bell yn gwneud i'w groen bigo. Gwrandawodd ac arhosodd. Fe ddwedodd ei dad-cu wrtho nad oedd e o'r un brethyn â'i dad. Wyddai hwnnw ddim ei fod yn treulio cymaint o amser yng nghwmni ei dad-cu. Byddai ei fam yn gwybod, wrth gwrs, ac yn ei gweld hi'n haws i gadw'r gyfrinach na chodi hen grachen rhwng y ddau. Fyddai gan ei dad mo'r stic, meddai ei dad-cu. Byddai'n ildio'n rhy hawdd. Yn ffaelu gweld yr holl wobrwyon oedd ar gael i rywun ag amynedd.

Sleifiodd cadno o dan y coed gan edrych i fyny bob nawr ac yn y man. Stopiodd ac edrych i gyfeiriad y bachgen am eiliad, ei bawen yn yr awyr a'i glustiau'n troi, cyn camu ymlaen a diflannu i'r cysgodion. Symudodd y bachgen ei bwysau wrth ddechrau teimlo'r oerfel. Meddyliodd am ei fam yn cysgu'n sownd yn ei gwely cynnes. Hiraethodd yntau am ei wely. Caeodd ei lygaid yn araf bach wrth iddo sefyll yno am rai oriau a'r oerfel yn treiddio'n ddyfnach i mewn i'w esgyrn.

Agorodd ei lygaid yn sydyn. Roedd e'n siŵr bod y tywyllwch yn gwanhau, bod tarth y bore'n dechrau ymgasglu gan olchi pob dim o'i gwmpas â'i wrid. Teimlai ddefnydd ei got yn lleithio. Roedd y byd yn dechrau cymylu a goleuo ac ebychiadau'r adar cyntaf yn aros yn farciau yn y niwl. Cododd awel hefyd gan rowlio'r niwl rhwng boncyffion y coed. Para i aros a gwylio wnaeth y bachgen.

Cyn hir, fe ddechreuodd synau'r bore gynyddu. Clywodd ambell grafad – sŵn adenydd yn symud. Dechreuodd ei fola gorddi. Tynhaodd ei stumog yn hollol galed. Culhaodd du ei lygaid wrth iddo syllu'n ffyddlon ar y mwclis aur ymysg y dail yn y pellter.

Ac yna, fesul un ac un, dyma'r coed yn bywiogi a chyrff cynnes yn cwympo ar lawr. Cododd yn ddistaw bach a phenlinio i gael gweld yn well. Roedd yr adar yn cwympo fel y glaw – un, tri… naw. Cyn hir, roedd gormod i'w cyfri. Gwyliodd nhw'n chwilio a chrafu am fwyd a'u chwant yn eglur yn eu llygaid duon. Cwympodd iâr frown i'r llawr wrth ei ymyl. Roedd hi'n hufennog fel lliw taffi a'i phlu'n feddal. Parhau i aros a gwylio wnaeth y bachgen.

O'r diwedd, trwy'r golau gwan, gwelodd fflach o liw yn cwympo ar lawr. Neidiodd llygaid y bachgen tuag ato. Hyd yn oed yn y llwydni, roedd ei blu yn sgleinio'n emrallt, saffir a rhuddem llachar. Roedd e'n aderyn mawr a'i lygaid yn neidio'n awchus o'r naill le i'r llall. Dyma'r wobr y bu'n ysu am ei chael ers misoedd. Dechreuodd grynu a'i galon yn curo'n boenus. Bu'n ei wylio ers wythnosau – aderyn praff a hwnnw'n camu'n fras gan ddal ei ben balch ar dro. Byddai'n mynd yn lartsh, yn llond ei fritsh i ganol yr ieir tawel.

Dechreuodd bigo ar lawr a daliodd y bachgen ei anadl. Pigodd yn agosach ac yn agosach at yr india corn. Teimlai'r bachgen ei wddf yn sych. Aeth y ceiliog yn agosach ac yn agosach atynt, ac yn y diwedd, dechreuodd bigo'r pentwr bach o india corn. Pigodd unwaith, wedyn ddwywaith yn awchus nes bod ei ben yn bobio'n ffyrnig a'r aderyn yn llyncu pob cnewyllyn yn drachwantus. Bwytodd a phigodd yn ddifeddwl gan lowcio, llyncu a llarpio, a'i lygaid wedi eu hudo, wedi eu serio ar yr india corn. Dechreuodd fwldagu ond roedd hi'n rhy hwyr;

roedd y neclis o india corn yn ei stumog erbyn hyn, yn gwau o gwmpas ei berfedd ac yn plethu ac yn tynnu ei gorn gwddw ar gau.

Yn y gwyll, wrth i'r ffesant dagu, lledodd gwên lydan dros wyneb y crwt. Cododd gan beri i'r adar eraill godi ac ehedeg, a'u hadenydd yn clapio eu cymeradwyaeth. Tynnodd anadl ddofn o waelod ei enaid ac aeth i sefyll dros y ceiliog ffesant ac yntau'n cymryd ei anadl swnllyd ola wrth ei draed.

Cariodd y ffesant yn ôl gerfydd ei wddf. Oerodd corff yr aderyn yn ystod y siwrne hir adref a'r bore'n aeddfedu yn y cloddiau. Weithiau siglai corff yr aderyn a lledu ei ysgwyddau wrth iddo ymlacio. Cyrhaeddodd yr ardd a cherdded i mewn i'r gegin gan gau'r drws yn dawel ar ei ôl. Rhoddodd y ffesant ar y ford cyn eistedd a gwylio'r llygaid duon yn sychu. Roedd ei frest amryliw yn glownaidd yn y gegin lwyd a'r plu'n sgleinio'n orliwgar.

Edrychodd y bachgen ar dafod binc yr aderyn drwy ochr ei big. Tafod finiog fel tafod ei dad. Tafod a fyddai'n gallu sleisio celwyddau mor denau nes ei bod hi bron yn amhosib eu gweld. Bu yntau'n eu tynnu nhw fel gleiniau bach caled ar dennyn, un ar ôl y llall a'r rheiny'n crogi yno rhwng ei dad a'i fam ac yntau. Fe sylwodd y bachgen a gwylio, wrth gwrs. Y celwyddau bach, y gwenau mawrion. Doedd gan ei dad ddim stic – doedd e ddim yn gwybod am y gwobrau oedd ar gael i rywun ag amynedd. Yn troi ei gefn pan fyddai pethau'n galed ac yn chwilio am gysur yn rhywle arall. Gyda rhywun arall.

Clywodd draed ei dad ar lwybr yr ardd. Roedd ei fochau'n goch a'i gap yn ei ddwylo. Edrychodd y ddau ar y corff oer a orweddai rhyngddyn nhw cyn i'r bachgen droi a cherdded i fyny'r grisiau yn araf at ei fam, a hithau bellach yn siŵr o fod ar fin dihuno.

Yᴿ Wʏ

ROEDD HI WEDI dechrau tywyllu'n gynnar a mis Hydref yn rhydu'n araf dros y cwm. Byddai'r dail yn gadael ôl eu dwylo ar lechen lydan stepen yr hen ffermdy wedi iddyn nhw bydru. Canmolodd y bachgen y ci defaid ifanc wrth ei ochr a fownsiai fel pêl o'i gwmpas. Camodd dros y llechen a thynnu'r drws ar ei ôl a sefyll am eiliad wrth weld ei dad yn tynnu'r calendr oddi ar yr hoelen ar y wal. Aeth i eistedd ar y bocs pren o flaen y tân gwanllyd. Wnaeth ei dad fawr o sylw ohono.

'Mi naethon nhw dynnu'n llunie ni heddiw,' cynigiodd y bachgen gan symud ei bwysau'n ansicr. Fe gydiodd ei drowsus byr yn wyneb garw'r pren. Nodiodd ei dad yn dawel heb dynnu ei lygaid oddi ar y calendr yn ei ddwylo.

'Mi gei di wy rŵan,' meddai yntau o'r diwedd, 'wedyn byddai'n well iti fynd draw at Modryb Jên rhag i ti fod o dan draed.'

Edrychodd y bachgen ar y llawr a gwrando ar y fflamau'n cerdded ar hyd y coed gwlyb yn y lle tân. Roedd y mwg yn cydio yng ngwlanen ei siwmper.

Trwy ffenest y wal drwchus gellid gweld bod y caeau'n wag a megin y gwynt wedi cochi'r rhedyn. Doedd dim goleuadau i'w gweld o gwbwl yn y pentref. Cerddodd ei dad i'r lleithdy a chydio mewn wy o'r blwch cardbord.

Teimlai ei lyfnder yn ei fysedd. Roedd yr ieir wedi cael eu symud gyda gweddill y stoc ac ni allai ond rhyfeddu wrth weld pa mor lân oedd wy siop. Suddodd y sosban fach i mewn i fwced o ddŵr a gollwng yr wy i mewn iddi'n ofalus. Cariodd hi at y lle tân a'i gosod ar y fflamau.

'Wyt ti'n meddwl bod digon o nerth ar ôl yn hwn i ferwi'r wy 'ma, dwed?'

Gwyliodd y bachgen olau gwan y tân yn byseddu wyneb ei dad. Câi'r cyfle i astudio ei wyneb fel y mynnai y diwrnodau hyn, gan na fyddai yntau'n troi ei olygon yn ôl ato rhyw lawer bellach. Tanlinellodd y golau y llinellau bach roedd y gwynt wedi eu naddu ar wyneb ei dad. Roedd pob rhych yn nant a phob llwybr yng nghroen ei wddf wedi ei droedio'n ddwfn. Fel y rhedyn, roedd y gwynt wedi cochi ei fochau a'i lygaid oer y dyddiau hyn fel cerrig gwlyb y nant. Edrychodd y bachgen am yn hir ar ei ddwylo.

Dechreuodd swigod ffurfio yng ngwaelod y sosban a sŵn y dŵr yn symud i'w glywed. Tasgai ambell ddafn yn glir o'r sosban cyn sychu'n swnllyd ar y marwor. Wrth ferwi'n braf dechreuodd yr wy ysgwyd a'r ddau yno'n gwrando ar y sŵn cysurus wrth iddi dywyllu y tu allan. Gwenodd y bachgen ar ei dad.

Cododd hwnnw a mynd i chwilio am lwy. Roedd eu

heiddo wedi ei bacio ers wythnos a rhoddwyd y pethau olaf a lechai ar hyd y lle mewn bocsys pren. Bellach roedd sgwariau tywyll ar y papur wal lle bu'r lluniau yn hongian a chan fod y celfi wedi eu symud roedd hi'n bosib gweld ôl y crafu ar y llawr. Edrychodd y bachgen ar yr hen lwybrau ar y leino, yn fudur wyn lle bu troedio dros y blynyddoedd. Byddai'r tŷ newydd yn y Bala'n llawn o lwybrau rhywrai eraill.

Daeth ei dad yn ôl â llwy er mwyn codi'r wy i'r wyneb. Roedd ei fam wedi dweud wrtho droeon fod wy yn barod pan fyddai ei blisgyn yn sychu'n syth ar ôl ei dynnu o'r dŵr. Dwedodd hi hynny wrtho wedi iddo gwympo i mewn i'r nant pan oedd yn fychan a hithau'n gorfod ei roi yn y badell sinc o flaen y tân i'w gynhesu. Rhwbiodd ei wallt â thywel caled bryd hynny a pharatôdd wy wedi'i ferwi iddo i'w fwyta tra oedd ei ddillad gwlyb yn sychu ger y tân.

Cododd ei dad a chwilota mewn bocs agored o dan y bwrdd. Cydiodd mewn hances a chlwstwr o flodau lafant wedi eu gwnïo yn ei gornel. Teimlodd y defnydd tenau yn ei fysedd am eiliad cyn lapio'r wy cynnes ynddo ac estyn y pecyn i'r bachgen.

'Dos rŵan, mi gadwith o dy ddwylo di'n gynnes tan i ti gyrraedd, ac mi gei di de a brechdan gan Modryb Jên at dy swper.'

Oedodd y bachgen ac edrych i'w lygaid.

'Paid â bod yn hen fabi rŵan... Dos.'

Tynnodd y drws yn glep ar ei ôl a gwthiodd yr wy i berfeddion ei boced. Roedd hi bron fel y fagddu ond sylwodd fod y sêr yn dechrau tyllu trwy'r gwyll. Safodd ac edrych arnyn nhw am eiliad yn smotiau arian fel bol brithyll mewn dŵr dwfn. Teimlodd drwyn oer yn ei law a gwên lawen wrth ei ochr.

'Dos!'

Cerddodd i gyfeiriad y ffordd. Dilynodd y ci ei goesau.

'Dos 'nôl, y ci!'

Edrychodd y ci arno mewn syndod a sefyll.

'Dos adre, y diawl!'

Camodd y ci yn ôl, gan siglo'i gynffon mewn cwestiwn.

Plygodd y bachgen a gwasgu ei fys o dan gornel carreg ar y ffordd er mwyn ei disodli. Taflodd hi at y ci a chau ei lygaid wrth i'w udo lenwi'r ffordd. Dechreuodd y dagrau bigo'i lygaid.

Cerddodd allan i'r ffordd fawr a dilynodd y clawdd wrth i'r lleuad ddechrau goleuo'i lwybr. Doedd dim byd i'w glywed heblaw'r gwynt yn goglais y cloddiau weithiau a sŵn ei esgidiau trymion yn taro'r ffordd. Roedd y cwm yn agored o'i gwmpas a'r llwybr yn hen gyfarwydd iddo. Roedd ei fochau'n oeri. Tynnodd ei law gynnes oddi ar yr wy a'i gwasgu'n dynn ar ei wyneb.

Yn y cloddiau roedd ewyn gwyn blodau'r ysgawen wedi hen droi'n ddyrneidiau o eirin tywyll ac roedd yna glymau pigog o fwyar duon yn cleisio'n ddu ar hyd y clawdd. Clywodd sŵn ci'n cyfarth yn y pellter a theimlai ofn yn crynhoi. Pan fyddai'n un bach, y dydd heb olau fyddai'r nos iddo. Ond erbyn hyn, ac yntau ychydig yn hŷn, roedd pethau'n wahanol wrth i fwganod ddechrau codi'u pennau yn y cloddiau. Ceisiodd ganolbwyntio ar ei gamau a gwthiodd yr wy cynnes i fyny un llawes a'i ddilyn yn ofalus â'i law arall. Roedd y lleuad a'r gwynt yn cryfhau. Dechreuodd ei galon guro'n drymach.

Doedd dim sôn am neb ar y ffordd – hyd yn oed wrth agosáu at y pentref. Ceisiodd gysuro'i hun y byddai yng nghegin ei fodryb cyn pen dim. Roedd ei bengliniau'n oer.

Câi'r dail eu chwythu ar hyd ei lwybr a byseddodd yr awel ysgafn ei wallt. Arafodd ei gamau. Roedd y capel yn y pellter ac wrth ei ymyl y fynwent a'i wal o gerrig. Byddai rhai plant yn croesi i ochr draw'r ffordd wrth gerdded heibio iddi yn y nos. Ond nid efe. Gafaelodd yn dynnach am yr wy cynnes. Roedd y lleuad yn goleuo'r cerrig beddi a'r rheiny gefngefn fel petaen nhw'n dibynnu ar ei gilydd. Toddai sŵn ei gamau yn un â'r tawelwch. Erbyn hyn roedd yr wy yn dechrau oeri.

Yn erbyn wal y fynwent pwysai rhaw. Safodd yn stond ac edrych i'r tywyllwch. Cerddodd ymlaen unwaith eto. Stopiodd. Yno, ar wal y fynwent, roedd hen goedach. Teimlai ei lygaid yn dyfrhau. Roedd y beddau'n agored a'r clwyfau gwag yn cael eu llenwi â golau'r lleuad.

Edrychodd, a'i lygaid yn lledu. Safodd, ac oerfel y nos yn llenwi ei ysgyfaint. Dechreuodd dagrau aflonyddu ei ruddiau. Roedd yno resi o dyllau tywyll. Pob un yr un maint â pherson. Trodd i edrych y tu ôl iddo ac yna ymlaen ar hyd y ffordd. Doedd neb yno. Roedd ei draed wedi eu sodro yn yr unfan. Disgleiriai'r sêr yn sbeitlyd. Dechreuodd grio gan ddal ei anadl. Roedd y cwm mor dawel â'r bedd.

Dywedodd ei fam wrtho unwaith, nad y meirw oedd y rhai i'w hofni ond y byw. Cydiodd yn dynnach yn yr wy gan geisio denu cysur o'i blisgyn brau. Camodd ymlaen ar hyd y ffordd. Ceisiodd ganolbwyntio ar roi un droed o flaen y llall. Roedd y dagrau'n oer ar ei fochau a sŵn ei grio yn atseinio ar yr heol ac yn erbyn wal y capel.

Wedi i'r argae agor, roedd hi'n amhosib iddo atal y llif. Symudai'n araf gan frwydro yn erbyn ei awydd i droi'n ôl am adre. Byddai ei dad yn ei alw'n fabi unwaith yn rhagor. Roedd y crio wedi llenwi'i gorff erbyn hyn a'i fol yn crynu heb unrhyw reolaeth.

'Mam!' mentrodd, gan ofni sŵn ei lais ei hun. 'Mam!'

Dechreuodd redeg. Rhedodd heibio adfail y capel. Rhedodd heibio i'r rhawiau a rheiny'n pwyso'n erbyn y croesau marmor. Rhedodd a chrio nes bod y gwaed a sŵn ei draed yn pympio yn ei ben. Rhedodd rhwng y cloddiau a'i freichiau'n chwipio yn y gwynt. Rhedodd drwy'r pentre tawel, ar draws y cwm, heibio i'r peiriannau cyn dechrau dringo'r heol serth. Roedd ei ysgyfaint yn llosgi.

Gadawodd y cwm ar ei ôl a dringo i fyny i'r tir uchel lle gwyddai y byddai ei fodryb yn aros amdano. Roedd ei siwmper yn wlyb domen erbyn iddo gyrraedd y buarth a'r cŵn yn ei gyfarch drwy gyfarth yn aflafar.

Roedd y bàth yn gynnes o flaen y tân a'r cloc hir yn cerdded yn ddiog yng nghornel yr ystafell. Smociai ei ewythr faco melys yn ei gadair gan edrych allan drwy'r ffenest.

'Pam uffern wnaeth o anfon yr hogyn draw ffor' *yna*?'

meddai gan chwythu'r mwg cynnes i gyfeiriad gwydr oer y ffenest.

Anwybyddodd ei wraig ei sylw wrth osod dillad glân i erio ar y stôl o flaen y tân gan gasglu siwmper a throwsus byr y bachgen a'u cario yn ei chôl i'w ystafell wely. Edrychodd y bachgen ar y bowlen o de cryf a digon o siwgwr ynddo yn oeri wrth ymyl ei fâth. Gwrthododd swper. Edrychodd ei ewythr ar ei wraig wrth iddi wisgo'r bachgen a'i gario i fyny'r grisiau. Teimlai ei ben yn drwm, ac edrychai'n fachgen iau wrth iddi ei gario i'w wely. Gwnaeth ei fodryb yn siŵr fod y dillad gwely'n dynn amdano a'r cwilt yn gynnes am ei gorff.

'Rŵan 'te... cysgu'n dynn sydd isio,' meddai hi wrth blannu cusan ar ei dalcen.

Trodd am y drws.

'Ble aethon nhw â nhw?'

Arhosodd ei fodryb yn stond. Trodd i edrych arno. Roedd golau'r lleuad trwy'r ffenest wedi gwynnu gwallt y bachgen. Llyncodd ei phoer.

'Pwy?'

'Nhw...' ailadroddodd y bachgen.

'Mae rhai yn cael eu symud o'r fynwent... a rhai yn aros.'

Nodiodd y bachgen yn araf.

'Ond mi dwi isio aros hefyd…'

'Dwi'n gwybod hynny.' Llyncodd ei phoer.

'Dos i gysgu rŵan… daw dy dad yma cyn y bore.'

Gwyliodd olau'r landin yn diflannu oddi ar y nenfwd wrth iddi gau'r drws. Clywodd leisiau yn y pellter. Gwrandawodd ar y mwmian am yn hir a blinder yn trymhau ei lygaid. Yna, cofiodd am yr wy. Cododd a thynnu ei drowsus tuag ato. Roedd yr wy yn oer fel dŵr llyn. Daliodd ef i fyny yng ngolau'r lleuad a'r plisgyn yn oer fel marmor. Doedd ganddo ddim deigryn ar ôl. Edrychodd ar yr wy diffrwyth a'i droi yng ngolau arian y lleuad gan feddwl pa mor gyflym y diflannodd y gwres drwy ei fysedd.

Yn ôl yn y ffermdy, fe orffennodd ei dad gario'r bocsys i'r trelar. Gwyliodd y tân yn araf ddiffodd a throdd ei gefn ar yr ystafell fach. Caeodd y drws ar ei ôl, ac er na wyddai pam, fe glodd y drws. Gwyliodd y ci'n neidio i gefn y trelar. Cerddodd at y nant o flaen y tŷ a'r allwedd yn dynn yn ei law. Gwyliodd hi'n fflachio'n arian cyn suddo yng ngolau'r lleuad i'r dŵr oer. Gwenodd wên wan, cyn troi a gadael Cwm Celyn am y tro olaf.

Ffôl y Gannwyll

BYDDAI'N RHAID CADW'R llwy bren i symud fel na fyddai'r siwgr brown yn cydio yng ngwaelod y sosban. Crafodd hi drwy'r triog tywyll gan arogli'r burum yn y stowt yn ffrwydro ymysg y swigod. Roedd ffenestri'r bwthyn bach yn fwll o stêm wrth i'r sbeis godi'n ddioglyd o'r siwgr. Cadwodd y cwbwl i symud wrth deimlo'r cymysgedd yn cryfhau yn erbyn y llwy.

Roedd hi wedi gwneud rhyw gymysgedd tebyg bŵer o weithiau a llygaid awchus y plant yn ei gwylio hi'n gwthio priciau i galonnau afalau cyn trochi eu bochau cochion yn ei felystra. Gwenodd wrth i'r atgofion godi gyda'r gwres. Aethai blynyddoedd maith heibio ers hynny, a hwythau'n byw'n rhy bell iddi fedru paratoi rhai ar gyfer yr wyrion. Symudodd y llwy o'r naill law i'r llall gan synnu, wrth wneud, at drwch y cymalau yn ei bysedd a'r modd roedd ei chroen wedi gwisgo mor denau â mwg. Aroglodd y cymysgedd am eiliad cyn penderfynu bod rhywbeth ar goll.

Roedd y botel o nefi ry` m yng nghefn y cwpwrdd ucha. Roedd hi'n gwybod ei bod hi yno, er nad oedd wedi ei gweld ers blynyddoedd. Cydiodd mewn stôl wrth y bwrdd bach a'i llusgo'n araf tuag at y cypyrddau. Fyddai hi byth bellach yn eistedd wrth y bwrdd ond yn hytrach yn eistedd yn ymyl y gwresogydd trydan gyda'i phlat bach ac yn golchi hwnnw rhwng bob pryd. Cydiodd yng nghefn y stôl a rhoi siglad iddi, fel pe bai hi'n cysuro ei hun y byddai hi'n siŵr o ddal ei phwysau.

Gwenodd, wrth feddwl y byddai e'n dweud wrthi ei bod hi mor ysgafn â dryw erbyn hyn. Roedd yntau mor dal, fel y medrai estyn y pethau o'r cwpwrdd ucha heb fawr o ymdrech. Camodd yn grynedig i ben y stôl a'i thynnu ei hun i fyny drwy afael yng nghownter y gegin. Safodd am eiliad gan deimlo gwres y gegin yn gynhesach ar ei bochau am ei bod yn agosach at y nenfwd. Symudodd ei phwysau er mwyn agor drws y cwpwrdd. Gwenodd wrth weld y botel a llusgodd hi i ochr y cwpwrdd cyn pwyso yn erbyn y cownter unwaith eto a sleidro'n araf bach i lawr. Gosododd y botel ar y cownter a gadael i'w bysedd orffwys ar ei hysgwyddau am eiliad. Roedd ei gwddf yn ddwstlyd a'r hylif ynddi wedi tywyllu'n euraid. Agorodd hi a'i harogli cyn ei chario at y stof ac arllwys 'chydig bach o'r hylif i mewn i'r sosban. Caeodd ei llygaid wrth i'r gwres gwrdd â'r gwirod.

Dyma ei arogl ef. Arogl melys sbeislyd. Yr union beth y sylwodd hi arno y tro cyntaf iddi guddio'i hwyneb yng nghroen cynnes ei wddf. Arogl cryf. Pan arferai hi roi'r ffrwythau'n wlych ar gyfer y pwdin Dolig yr adeg yma o'r flwyddyn, fe fyddai e'n mynnu cael totyn bach. Byddai'n eistedd ar y feranda yn edrych allan ar oerfel llwydaidd mis Tachwedd yn mwynhau cysur a golau euraid y ry` m. Roedd yn un o'r bobl brin hynny a fedrai ddod o hyd i bleserau bach ym mhobman. Â'i llygaid ar gau, yn y gegin fach fe gododd yr atgofion yn feddwol o'i chwmpas.

Clywodd yr hylif yn dechrau sibrwd, a channoedd o leisiau bach o'r gorffennol yn canu ymysg y swigod. Ymlaciodd ei hysgwyddau a theimlai ei hun yn simsanu ym mhrysurdeb ei meddwl.

Rhedeg oedd e pan welodd hi fe'r tro cyntaf. Rhedeg drwy'r cae ar bwys y pentref a'r glöynnod byw yn codi oddi ar y borfa o dan ei draed. Wrth iddo gicio'i sodlau a gweiddi codai'r glöynnod byw yn gymylau o'i gwmpas. Arafodd a chochodd pan welodd hi'n edrych mewn syndod arno. Gwenodd y ddau ar ei gilydd am ennyd cyn iddi fynd ar ei thaith gan blygu ei phen a cheisio anwybyddu'i chalon yn curo yn erbyn ei hasennau. Dim ond wedi iddi gerdded ychydig y gwelodd hi'r hen ddyn a'i rwyd yn ceisio dal y glöynnod byw er mwyn eu sodro â nodwydd ar fwrdd caled o dan ei gês gwydr.

Roedd y ry` m wedi tewhau'r hylif ac wedi ymguddio yng ngwead yr arogl. Agorodd ei llygaid. Roedd hi'n nosi. Rhaid iddi brysuro. Tynnodd y sosban fach oddi ar y gwres rhag i'r cymysgedd droi'n chwerw, diffoddodd y trydan a datod cwlwm ei brat. Tawelodd clebran y cymysgedd wrth i'r gwres oeri. Cododd y sosban, cydiodd yn y brws paent oedd yn barod ar bwys y sinc a cherdded trwy'r gegin gul ac agor y drws gwydr i'r ardd. Roedd yr awel yn ysgafn wedi gwres y gegin, a'i llygaid dyfrllyd yn chwilio yng nghanol niwl y nos. Codai'r mwg o'r cymysgedd poeth gan siffrwd yn yr awel. Safodd am eiliad, ac edrych ar yr ardd fach. Roedd diwetydd yn disgyn ar hyd y coed gan dynnu'n ddiamynedd ar ambell ddeilen grynedig ar frigyn cyfagos. Roedd anadl y diafol ar fwyar ola'r flwyddyn a'r rheiny'n bwtso'n bydredd dan y bysedd wrth gydio ynddyn nhw. Dim ond feranda fach oedd yno. Silff i edrych allan dros yr ardd. Dim ond digon o le i ddwy stôl a thamaid o chwerthin.

Byddai'n rhaid iddi weithio'n gyflym tra bod yr hylif yn dal yn weddol ystwyth. Symudodd at y wal o dan y golau tu fas a chasglu talpyn o'r siwgr tywyll ar flew'r brws. Gwasgarodd e'n un patshyn sgleiniog ar y pren. Tynnodd y cymysgedd ar ei hyd nes ei fod yn llyfn ac yn wydraidd o dan y golau. Gwasgodd lwyth brws arall, ac yna un arall, nes bod ei llaw yn crynu a'i chefn yn gwynio. Caledodd yr hylif yn yr awyr oer a châi dafnau tenau ohono eu tynnu fel gwallt. Gweithiodd nes nad oedd dim ar ôl a'r brws bellach wedi dechrau caledu. Tynnai'n galed ar ei gwynt erbyn hyn a'i bysedd bellach yn wan. Safodd yn ôl am eiliad a'r brws yn ei llaw. Roedd hi wedi tywyllu a'r staen du'n edrych cyn dded â gwaed. Yna, wedi'r holl brysurdeb, fe ollyngodd y sosban fach, tynnu ei chardigan yn dynnach amdani ac eistedd.

Byddai'n rhaid aros. Aros i'r persawr melys ledu'n drwm ar hyd y borfa laith. Aros i wydr y staen adlewyrchu ei arogl a dihuno'r synhwyrau a oedd, ar y pryd, yn cysgu ymhell i ffwrdd. Arhosodd iddyn nhw ddihuno. Clymodd ei dwylo'n gwlwm a theimlo peth o'r cymysgedd yn ludiog ar ei bysedd. Roedd y tywyllwch yn berffaith a'r cymylau wedi ymgasglu gan fogi'r sêr. Doedd dim un swnyn i'w glywed, dim ond ei hanadlu hithau'n hiraethu'r gwyll o'i chwmpas.

Y noson gynta y daethon nhw i'r tŷ, fe fynnodd ei chario dros y trothwy. Protestiodd hithau a chwerthin gan ddweud ei bod hi'n rhy drwm iddo. Gwnaeth yntau esgus tynnu ei anadl yn swnllyd ac ochneidio. Cynhesodd hithau sosbaned o laeth ar y stof ac fe eisteddodd y ddau ar y feranda, hithau yn gysurus yn ei gôl, a'r ddau'n siario'r un cwpan gan nad oedden nhw wedi cael amser i ddadbacio. Setlodd y ddau'n gyflym yn eu cartref bach ac ar fore Sadwrn byddai'r ddau'n gorwedd yn eu gwely a hithau'n esgus chwarae'r piano ar ei asennau a'i groen gwyn yn llyfn o dan y cwrlid. Byddai'r ddau'n brecwasta wedyn a hithau'n gorffwys ei thraed ar ei draed yntau o dan fwrdd bach y gegin. Llanwyd y bwrdd pan ddoth y plant gyda'u potiau o hadau, eu lluniau a'u llyfrau yn benllanw o annibendod, cyn y trai wrth iddyn nhw adael cartref, a'r pedwar plat swper unwaith eto yn ddim ond dau, cyn troi'n un plat bach ar y bwrdd. Clywodd ddeilen yn cwympo trwy'r canghennau.

Fe fydden nhw wedi dihuno erbyn hyn, siŵr o fod. Yn dechrau blasu'r awyr. Byddai e'n pwysleisio bod arnyn nhw angen amser. Amser i ddiosg eu blinder, i gynhesu eu hadenydd. I wneud synnwyr o'r nos. Amser i chwilio cyfeiriad, i ddewis llwybr.

Cafodd waith fel clerc yn swyddfa ei thad. Diolchodd am y gwaith hwnnw a chadw ei swydd ar hyd y blynyddoedd drwy weithio'n ddiwyd gan fod gwaith da'n brin mewn pentref bach. Ond wrth gerdded adref o'r swyddfa fe fyddai'n bachu bys o dan ei goler, llacio'i dei a rhedeg ei law drwy laswellt y cloddiau ar y ffordd. Byddai ei ddillad yn drwch o baill a hadau ac ar benwythnosau âi i lawr at yr afon, neu ddringo'r mynydd a'i ben yn llawn o bethau byw. Weithiau, wedi diwrnod caled yn y gwaith, a'r plant wedi cilio i'w gwelyau, byddai'n tanio'r stof, yn cymysgu'r siwgr brown a'r nefi ry` m a hithau'n rhoi cystudd iddo am wastraffu'r fath gynhwysion. Ei hanwybyddu fyddai yntau a chwerthin cyn ei thynnu i'r feranda fach i eistedd yn ei gôl.

Byddai ei wyneb yn goleuo wrth iddo'u cyfarch. Adwaenai bob un ohonyn nhw wrth ei enw ac fe fyddai'n cadw lejer er mwyn cofnodi pryd y bydden nhw'n ymweld. Eisteddai'r ddau mewn tawelwch a hithau yn ffaelu'n deg â deall sut roedd y pethau bychain yn llwyddo i ddod o hyd iddyn nhw yn y tywyllwch. Esboniodd yntau nad oedd tywyllwch yn rhwystr yn y byd pan fyddai'r persawr yn ddigon cryf. Edrychai e'n hiraethus trwy wydr y drysau mawrion allan i'r ardd yn y gaeaf pan fyddai eu niferoedd yn lleihau. Symudodd ei llaw yn reddfol am ei law yntau wrth iddi glywed ei eiriau yn y tywyllwch. Sibrwd dail crin.

Yn ei ôl ef, dim ond am ychydig nosweithiau'n unig y bydden nhw'n byw. Hen eneidiau oedden nhw, a phan fyddai'r byd hwn yn ein diosg fel dail yr hydref, yna caem ein hatgyfodi am ychydig oriau yn eu cwmni tywyll a dod yn ôl i chwilio am felystra ac am olau ac am wres.

Am flynyddoedd, roedd hi wedi ofni'r noson hon. Wedi osgoi cymysgu'r persawr cryf, wedi troi ei chefn ar y feranda fach. Byddai meddwl am eistedd yn y tywyllwch ar ei phen ei hun yn gwneud i'w pherfedd oeri. Ond erbyn hyn, a'i hanadlu'n fwy bas nag y bu erioed a'r dyddiau yn teimlo'n deneuach, fe synhwyrai ei bod hi'n amser mynd dros y trothwy i gwrdd ag ef. Clywodd sŵn trwm afal yn cwympo'n farw oddi ar y goeden gerllaw. Byddai'r malwod yn bla du ar ei hyd erbyn y bore, meddyliodd. Roedd yr oerfel yn dechrau lledu i'w hesgyrn.

Pan oedd hi'n ifanc credai y gwnâi'r byd ei pharatoi gogyfer â henaint – y byddai ei theimladau'n pylu gyda'i golwg, efallai. Credai hefyd y byddai galar yn heneiddio gyda'r blynyddoedd yn lle disgleirio o'r newydd gyda'r wawr bob bore. Gwenodd. Roedd gan y ddau ohonyn nhw'r math o gariad nad oedd gan eraill fawr o ddiddordeb ynddo. Fe fuon nhw'n ffyddlon, yn hapus ac yn ddedwydd. Fe fuon nhw'n ffrindiau, a phan ddaeth y sibrwd yn ôl i'w ysgyfaint roedd y ddau yn gwybod. Fe ddaliodd yn ffyrnig yn ei law fel na allai adael ac fe arhosodd yntau, yn ufudd trwy'r poenau, nes ei bod hi'n barod i'w ryddhau. Bu'n rhaid iddi ei weld yn llesg ar ei wely cyn dweud wrtho ei bod hi'n fodlon iddo ymadael. Roedd rhaid i bopeth da ddod i ben, sibrydodd. Gwasgodd ei hwyneb yn erbyn ei wyneb yntau a rhannu ei anadl ola ymysg ei dagrau.

Lledodd y persawr cymhleth gyda'r atgofion i ddüwch y nos. Caeodd ei llygaid yn y tywyllwch. Roedd hi'n siŵr ei fod yno yn agos yn rhywle…

Cyffyrddiad ar ei boch. Neidiodd ei chalon. Cyffyrddiad arall. Plu. Bysedd. Cyffyrddiad arall. Teimlai'r awyr yn bywiogi. Agorodd ei llygaid. Fflach o hufen. Cyrff yn crynu o'i chwmpas. Allan yn y tywyllwch, ymysg y mwswg a'r pridd, fe ddihunodd degau o galonnau a hwythau wedi'u galw ganddi. A hithau'n hollol llonydd, gwyliodd nhw'n codi o'r tywyllwch a dod i hongian ar y wal felys gan siglo'r llwch o'u hadenydd. Dail crin yn chwilio am ei chwmni. Roedd wynebau ar eu hadenydd a llygaid tywyll yn edrych arni o gefn pob gwyfyn. Gwenodd arnynt cyn codi, a'r gwyfynod bellach yn ffluwch o'i chwmpas. Cyfarchodd nhw fel hen ffrindiau. Gwyfyn Cynffon Gwennol a'i adenydd golau, y Gwelltwyfyn Sidan a'i wên euraid yn disgleirio trwy'r gwyll. Roedd yr Emrallt Gwelw yn hiraethu'r nos a dail yr hydref yng nghorff y Chwimwyfyn Oren. Roedd y Gwladwr Du yn pwdu a'i wisg o ddillad duon yn galaru wrth golli'r golau.

Yna, ym mhrysurdeb yr awyr, fe'i gwelodd ef. Roedd gwyrdd ei lygaid ar adenydd y Cennog Prin a les ei ffrog briodas yn adenydd hufennog y Wensgod Firain. Fflachiodd lliw ei wên heibio yn adenydd yr Ôladain Berlaidd a siffrwd lliw ei wallt yng nghorff y Gastan Goch. Fe'i hamgylchynodd hi – pob modfedd ohoni. A safodd y ddau, yr ysbryd a'r darpar ysbryd gyda'i gilydd yng nghoflaid storom o adenydd. Gwenodd hithau yn ei freichiau cynnes, gan deimlo llwch yr holl wyfynod yn cymysgu'n arian â'i dagrau hi.

ADAR YR EIRA

CÂI SŴN EI gamau eu mogi gan yr haenen ysgafn o eira a orweddai'n las llachar yn y gwyll. Disgleiriai goleuadau'r dre islaw iddo a theimlodd ei anadl yn oeri ar ei fochau wrth iddo gerdded ar hyd y lôn. Roedd dail y coed wedi bod yn dadleth drwy'r dydd ond nawr, wrth i'r gwyll gasglu, roedd yr oerfel yn ailgydio yn y cwm gan ddistewi sŵn eu dagrau drwy'r llwyni. Roedd y rhew yn dechrau ymgripio ar hyd wynebau'r pyllau ar y lôn unwaith yn rhagor a'r llwydrew yn byseddu'n dawel ar hyd y glaswellt. Ystwythodd ei gorff a theimlo rhyddhad wedi iddo fod yn eistedd mewn tŷ cynnes drwy'r dydd. Tynnodd Owen ei got yn dynnach amdano wrth i'r aer oer dawelu ei feddwl.

Roedd y lôn yn hen gyfarwydd iddo a doedd dim rhaid iddo fesur ei gamau. Cerddodd ar hyd ochrau'r bryn gan ddisodli'r atgofion fel y gwnâi i'r cerrig ar y llwybr. Byddai Ifan, ei ffrind gorau, ac yntau'n arfer ffrwydro o'r rhesi o dai bach cyfyng a swatiai yn un rhibin cul ar waelod y cwm pan oeddent yn blant. Codi eu haeliau ar ei gilydd fyddai eu mamau, yn falch o gael gwared arnynt am ychydig rhag iddynt fod o dan draed. Rhedai'r ddau gan gicio caniau ar hyd y ffordd i'r dre a dryll pren yr un ganddynt yn hongian ar eu cefnau. Yn yr hanner goleuni, pan fyddai'r awyr yn trymhau, gallai bron â gweld wyneb Ifan yn edrych arno o'r tu ôl i goeden neu deimlo'i bengliniau yn rhwbio yn erbyn ei glustiau wrth iddo eistedd ar ei ysgwyddau er mwyn tynnu'r concyrs ucha oddi ar y goeden gyda'i ddryll. Yna byddai'r ddau yn eu taflu at ei gilydd, a'r peli bach pigog yn crafu eu coesau noeth a'u sgrechiadau'n atseinio drwy frigau'r coed. Roedd yr eira'n lladd pob swnyn heno, a'r tywyllwch yn ymgasglu o'i gwmpas. Erbyn hyn, roedd llai a llai o drigolion y dre'n dringo'r llethrau, gan ddewis yn hytrach eistedd yn swrth yn eu tai a gadael i'r drysni grogi'r lôn.

Roedd y dydd yn darfod mor gyflym y diwrnodau hyn ac yntau'n gorfod cyrraedd yn gynt ac yn gynt bob dydd er mwyn eu gweld. Dechreuodd adael y gwaith yn gynnar bob dydd er mwyn cael cerdded y milltiroedd i ben y bryn. Cafodd ras gan ei gyflogwr i ddechrau, ond gorfod mynd fuodd ei hanes yn y diwedd, ac wrth iddo gerdded adre am y tro ola, fe dynnodd anadl o ryddhad cyn mynd ati i wisgo'i esgidiau cerdded. Syllodd ei wraig arno â'i llygaid yn llonydd, ac oeri o ddydd i ddydd fyddai ei chusanau wrth iddi adael y tŷ i fynd i'r gwaith.

Roedd y llwybr yn culhau ychydig a defnydd ei drowser yn gwlychu wrth i'r borfa hir frwsio powdwr gwyn ar ei hyd. Bu'r adar yn ysgrifennu yn yr eira.

Camau bychain. Naid i fan hyn a fan draw. Marciau. Ôl cynffon. Byddai Ifan yn eu hadnabod hwy i gyd. Yn medru eu henwi yn ôl yr olion a gâi eu gadael ar y llawr. Gwyliodd olau'r dref yn pellhau a theimlodd y nos yn anadlu. Gwibiai ystlumod fel bwledi o'i gwmpas.

Ar un adeg byddai ei wraig yn disgwyl amdano. Yn edrych am siâp cyfarwydd ei gorff yn troi'r gornel tuag at y tŷ. Byddai hi'n diflannu o'r ffenest wedyn ac yn sleifio i'r gwely gan esgus cysgu. Erbyn hynny, byddai ei chroen yn gynnes pan ymunai â hi o'r diwedd i orwedd wrth ei hymyl ac fe wyddai iddi fod yno ers tro.

Dechreuodd calon Owen guro'n drymach wrth iddo droedio'r llethr serth. Doedd y ddau ddim wedi medru siarad erioed. Hi fuodd yn ei ganlyn ef. Yn y diwedd fe wnaeth e ufuddhau. Ac ar ôl ei holl drafferth, fe sicrhaodd ŵr oer a llygaid pell. Doedd hi ddim yn briodas ar gyfer magu plant. Roedd hithau wedi rhoi'r gorau i ofyn yn y diwedd, a'r ddau'n cytuno drwy'r tawelwch y byddai'n well hebddynt. Cododd ei ben. Wrth i darth y nos feddalu roedd y golau'n amlygu gwe pry cop crwn fel sêr yn y borfa. Roedd e'n agosáu, ac wrth iddo droi'r tro fe sodrodd ei olwg ar y bryn o'i flaen i wylio'r cysgod tywyll yn codi'n osgeiddig o'r gwyll.

Sylwodd eu bod nhw'n casglu o gwmpas hen adeiladau,

a'u sŵn canoloesol yn atseinio rhwng y welydd. Roedd hiraeth am hen hanes yn eu hadenydd ac fe fyddent yn codi wrth iddi nosi, ac yn taflu eu calonnau drwy'r awyr. Codai welydd yr hen Wylfa'n dawel o'r tywyllwch.

Sleifiai cysgodion ei blentyndod o'i gwmpas yn y gwynt a thynnu ar ei lawes. Roedd gan Ifan ffordd o neidio allan o'r tu ôl i'r waliau a chreu dychryn. Byddai'n gwthio'i ddryll pren o flaen eraill a'u gorfodi i ufuddhau a chwifio hances wen ddychmygol i'r awyr. Byddai'r ddau'n sefyll yno, yn eistedd ar ben y welydd am oriau yn 'amddiffyn' y dre islaw ac yn saethu awyrennau dychmygol yn yr awyr. Gwenodd. Tair wal oedd ar ôl erbyn hyn, yn bugeilio'r dre dawel islaw. Roedd iorwg wedi hongian ei rwyd ar hyd y cerrig a mieri'n gwthio'u bysedd i mewn i'r craciau ac yn disodli'r pridd.

Byddai rhyw ddealltwriaeth rhyngddyn nhw erbyn hyn – yr adar ac yntau – gan eu bod nhw'n cwrdd bob nos yn yr un lle. Ymgynnull. Arafodd ei gamau a throdd ei ben i wrando. Dim byd. Efallai ei fod e'n rhy hwyr. Trodd yn ei unfan. Dim. Edrychodd ar y wal a wynebai'r dre a phenderfynodd fynd i aros yno. Camodd ar hyd y cerrig breision ac eistedd, yn anghyfforddus yn yr oerfel.

Yn y fan hon y tynnodd Ifan ei grys. Roedd yr haf

yn diffodd fel fflam a'r hydref yn dechrau rhuddo yn y coed. Roedd y dre yn drewi islaw iddynt a gwalltiau'r ddau wedi goleuo'n euraid wedi iddynt chwarae y tu allan drwy'r haf. Disodlodd Ifan nythed o nadredd wrth ddringo. Ciciodd y ddau nhw nes bod y nadredd yn gwau a phlethu yn un belen ddychrynllyd. Syllodd y ddau ar eu crwyn yn rhwbio yn erbyn ei gilydd. Amhosib oedd dweud lle roedd un yn gorffen a'r llall yn dechrau. Roedd Ifan am fynd ag un ohonyn nhw adre i'w chadw mewn bocs o dan ei wely a cheisiodd greu sach o'i grys. Safodd yno'n syllu ar y cymylau duon ar draws asennau Ifan. Edrychodd y ddau ar ei gilydd am yn hir nes i Owen estyn blaen ei fys a chyffwrdd â'r clwyfau yn dyner. Gwrthododd Ifan edrych i mewn i'w lygaid a gwthiodd ei law i ffwrdd cyn rhedeg nerth ei draed am adref. Safodd yntau yno, gan sylwi bod y nadredd wedi diflannu.

Treuliodd bythefnos yn chwilio am rywbeth gwerth ei gyflwyno iddo. Bu'n edrych yn galed am neidr, yn aros yn y gwres i weld a ddeuai un allan i gynhesu ei bol ar allor gynnes carreg wastad. Yn y diwedd bu'n rhaid iddo ddal madfall a'i gwasgu i mewn i focs matsys a cherdded i dŷ Ifan. Gwenodd hwnnw arno'n wan, a sleifiodd y ddau allan o'r tŷ cyn i'w dad ddihuno. Edrychodd ei fam ar y ddau'n gadael yn dawel a'i gruddiau tywyll yn llonydd. Ei dad oedd wrthi, meddai Ifan. Dangosodd ei gleisiau newydd wrth i'r cysgodion ymestyn dros yr Wylfa a chydiodd y ddau yn ei gilydd groen wrth groen a chysgu am ychydig yn haul hwyr yr haf. Addawodd yntau, dros ei grogi, i beidio â dweud gair wrth neb.

Roedd y gwynt wedi oeri ac fe fyddai'n pryfocio llwch disglair yr eira. Gallai eu clywed nhw'n dod. Sŵn chwerthin. Fel chwerthin plant o bell. Dechreuodd yr awyr symud o'i gwmpas. Fe fydden nhw yma cyn bo hir, yn chwarae, yn rhowlio'n gymylau uwch ei ben.

Ar y dechrau fe fyddai'r ddau'n chwilio am byllau ac yn diosg eu dillad gan neidio i mewn i'r dŵr oer. Wedyn, bydden nhw'n gorwedd gan adael i grwyn eu cefnau gyffwrdd â'i gilydd ac i haul Mehefin anwesu eu cyrff. Ond dros y blynyddoedd, diffoddodd y golau o flaen ei lygaid. Diflannodd. Osgôdd Ifan gydio yn ei law. Byddai'n hwyr yn cyrraedd wedi iddyn nhw drefnu cyfarfod ac yn eistedd yn swrth yn lle chwarae. Bu'n flynyddoedd cyn iddo gydio ynddo yntau wedyn. Roedd e'n llefen ac roedd rhyw ddiffyg dealltwriaeth yn ei lygaid.

Safai'r ddau ar wal ucha'r Wylfa yn edrych i lawr ar y dre. Cydiodd Ifan yn ei freichiau a bygwth ei wthio ar ei ben i'r llawr. Edrychodd yntau arno, a gwyn ei lygaid yn lledu mewn ofn. Dechreuodd grynu a daeth dagrau i'w lygaid. Chwerthodd Ifan wrth weld yr ofn a sylwodd Owen am y tro cyntaf ar y caledwch yn ei lygaid. Ei dro yntau oedd hi i redeg adre nerth ei draed. Gwrthododd fwyta'i swper. Rhedodd ei fam ei bysedd drwy ei wallt a gofyn iddo beth oedd yn bod. Awgrymodd efallai fod rhywbeth yn bod ar Ifan. Gwadodd yntau fod unrhyw beth yn bod arno, a dechreuodd chwilio am ffyrdd a rhesymau dros gasáu Ifan â phob gronyn o'i enaid.

Roedden nhw'n agosáu a sŵn eu hadenydd yn cerfio'r awyr, eu nodau'n trywanu'r tawelwch. Yna, dros ei ben, fe gododd cwmwl o adar yr eira. Storom yn casglu. Cododd ar ei draed a thynnu ei fysedd o ddyfnder ei got. Cerddodd a dechrau dringo. Dringodd i ben y wal ucha gan sgathru'r cerrig o dan ei draed wrth iddo fynd. Hedfanodd yr adar fel arian byw uwch ei ben. Yn dilyn ei gilydd. Edrychodd arnyn nhw'n symud, yn pefrio yn y gwyll, a'r ddealltwriaeth rhyngddyn nhw'n ei syfrdanu.

Priododd yntau a setlo gan wasgu pob atgof am Ifan ymhell o'i feddwl, ac fe lwyddodd hefyd, am rai blynyddoedd. Byddai'n gweld Ifan weithiau, tu allan i dafarn wrth yrru heibio yn ei gar. Ifan mewn siop yn y dre yn cyfri'i arian ar y cownter. A phob tro y'i gwelodd ef, fe fyddai ei galon yn gwingo. Ac yna, un haf, fe ddiflannodd.

Dechreuodd yntau edrych amdano. Byddai'n meddwl iddo ei weld ar y stryd. Mewn parc. Clymai nadredd o gwmpas ei freuddwydion nes bod ei gorff yn plycio ac yn gwingo ac yntau heb allu meddwl am ddim byd ond am ei groen yn cyffwrdd yn erbyn ei groen yntau, a'u dwylo yn un belen.

Roedd e'n beryglus o agos at ochr y wal. Weithiau, fe fyddai'n meddwl y byddai hi wedi bod yn haws petai Ifan wedi ei wthio. Taflodd yr adar tywyll eu cyrff drwy'r awyr – eu hadenydd metelaidd yn sgleinio'n ddulas o beryglus yn y tywyllwch. Roedden nhw'n curo fel calon uwch ei ben.

Yn y papur y gwelodd lun Ifan am y tro ola. Gwisg lwyd. Roedd e wedi dod o hyd i'w gyfeiriad yn y fyddin. Roedd e'n gyfarwydd ag iaith ymladd. Doedd dim rhaid iddo feddwl wedyn – symud pan fyddai'r gweddill yn symud. Symud fel corff, yn gwmni. Llenwai sŵn yr adar ei ben wrth i don arall o adenydd dorri drosto. Yn y papur dywedwyd mai cael ei saethu gafodd e. Ei asennau wedi eu rhwygo. Casglodd diferion o'i waed lwch wrth ledu ar hyd y ddaear. Roedd ei wallt wedi goleuo'n fachgennaidd yn y gwres estron ffyrnig. Teimlai ei stumog yn sigo a'r awyr yn chwyrlïo o'i gwmpas. Roedd e'n dechrau oeri. Safodd yn uchel ar yr Wylfa, gan edrych ar y byd yn caledu wrth ei draed a'r gyfrinach a gadwodd yn crogi'n dynn am ei wddf.

TYLLUAN

DIEITHR OEDD CWSG iddi erbyn hyn, a hithau'n eistedd yn y ffenest lydan yn gwylio'r lleuad yn hongian ei olau fel les ar hyd y coed. Roedd gwanwyn yn chwyddo yn yr ardd a'r coed arian yn drwch o flagur gwyn. Astudiodd ei llygaid lwybrau ei phlentyndod a hwythau'n dal ar agor ar waelod yr ardd. Roedd ei phaentiadau lliwgar yn dal i grogi ar waliau'r ystafell fach a'u hymylon yn cwrlo o ganlyniad i'r gwres a'u hoedran. Ar gefn yr hen ddrws roedd marciau pensil, lle cawsai ei thyfiant ei fesur fel cylchoedd coeden. Trodd a gwrando ar y tywyllwch gan deimlo'r gwacter poenus yn ei pherfedd.

Doedd hi ddim wedi disgwyl y byddai hi'n ôl yn yr ystafell fach mor fuan. Ychydig dros flwyddyn oedd yna ers i'w mam a hithau syllu ar y ffrog briodas yn hongian yng ngolau'r ffenest. Roedd bysedd yr haul gyda'r nos wedi goleuo'r defnydd gan daflu dafnau o olau yn ddisglair ar hyd y waliau. Bu'r ddwy wrthi'n llacio'r rhubanau ar gefn y ffrog gan wenu ar ei gilydd. Fe osodon nhw'r esgidiau ifori ar waelod y gwely ac estynnodd ei mam am froetsh ei mam-gu er mwyn iddi ei wisgo y tu mewn i'w ffrog am lwc. Pan oedd popeth yn barod, fe eisteddodd y ddwy ar y gwely cul a chribodd ei mam ei gwallt â'i bysedd. Rhannodd y ddwy'r tawelwch fel bara cymun.

Yn yr ystafell fach hon y cawsai ei magu gan ei mam

– yn edrych allan dros yr un coed â'i llygaid tywyll. Dwedodd ei mam iddi ddal ei bysedd yn ei rhai hi, a dyfalu pa ryfeddodau y bydden nhw'n eu cyffwrdd yn ei bywyd bach. Roedd hi'n siŵr y byddai hi'n hoff iawn o arddio, fel ei mam-gu, dwedodd hi. A'i dwylo'n bridd i gyd, fyddai honno byth yn crwydro ymhell oddi wrth y dalias, y bylbiau a'r hadau. Roedd *hi*'n hoff o flodau hefyd, ond eu prynu nhw fyddai hi, gan nad oedd ganddi le iawn yn y dre i'w codi.

Symudodd ei phwysau'n anghyfforddus a syllu allan i berfeddion y nos. Byddai hi'n coginio hefyd, fel ei mam. Meddyliodd sut y rhoddon nhw ill dwy'r ffrwythau'n wlych ar gyfer y gacen briodas, a chasglu rhestr hir o gynhwysion at ei gilydd. Gan eu bod nhw mor fawr, roedd y cacennau wedi cymryd oriau i'w coginio ac fe eisteddodd y ddwy yn hel atgofion. Atgoffodd ei mam hi am y cyfnod pan ddechreuodd dynnu llinell y ffôn o'r landin o dan ddrws ei hystafell wely pan fyddai ei chariad yn ei ffonio. Fe ddoth hwnnw i'r tŷ yn y diwedd a'i wên hawddgar yn ennill calon ei mam yn syth, a'i thad, fel pob tad, ychydig yn hapusach ar ôl ei gyfarfod. Gofynnodd hwnnw iddo ddod allan i roi help llaw iddo ac edrychodd y ddwy ar y ddau'n cydweithio yng ngwaelod yr ardd.

Cysgai ei thad heno mewn cadair yn y gegin. Roedd

134

ei gŵr hefyd wedi ymlâdd, ac yn tynnu ei anadl yn drwm yn yr ystafell drws nesa. Heno, roedd ei hesgidiau duon hi a'u careiau'n llac ar bwys y gwely. Roedd ei siaced dywyll yn hongian wrth waelod y gwely a broetsh ei mam-gu yn gylch o arian, wedi ei bwytho drwy'r defnydd.

Gwyddai ei mam hyd yn oed bryd hynny, wrth iddi dynnu ar y rhubanau ar gefn y ffrog, fod rhywbeth yn bod. Fe ddaeth y caledwch i'w bronnau'n sydyn. Bu hithau'n dawel am hir ac fe dalodd yn ddrud am hynny. Casglodd y gwenwyn mewn tawelwch pur fel cymylau cyn y storom. Roedd hi'n rhy hwyr erbyn i'r dagrau ddod.

Daeth sŵn symud. Trodd ei phen i wrando unwaith eto. Codai'r anadliadau bychain fel plu o'r crud ar bwys y gwely bach. Cododd gan deimlo'i bronnau'n tynnu, yn llawn ac yn dyner, yn gwasgu o laeth. Cerddodd at y crud. Roedd hi'n cysgu'n sownd.

Rhyfeddai, wrth edrych arni, sut y byddai ei chorff yn gwingo weithiau yn y tywyllwch, fel pe bai hi'n dal i geisio ymladd ei ffordd yn ffyrnig i mewn i'r byd. Efallai, meddyliodd, wrth dynnu'r flanced yn ôl amdani, mai dim ond dechrau oedd y geni a'i bod hithau'n dal i frwydro ac yn llusgo darnau ohoni hi ei hun allan o'r tywyllwch. Roedd ei mam wedi diosg rhannau ohoni hithau fel dillad i'r tywyllwch. Byddai hi'n dal y baban yn syllu weithiau, a'i llygaid newydd yn gweld erchyllterau yn y nos. Cydiai ynddi bryd hynny a'i gwasgu o dan ei gŵn nos, groen wrth groen yn y gwyll i geisio erlid y bwganod. Heno, roedd hi'n gorwedd fel croes a gloywder ei chroen glân yn llachar ar y lliain gwyn.

Doedd hi ddim wedi disgwyl y gwaed, yr ymwthio anifeilaidd, y colli pob synnwyr wrth ufuddhau i rym dychrynllyd natur. Wrth i'w chorff blycio drwy reddf na wyddai hi ddim am ei fodolaeth, gwaedodd nes bod ei chnawd yn goleuo. Roedd ei mam wedi gwaedu ar ei genedigaeth hithau, mae'n debyg, ac weithiau, yn ystod yr ychydig oriau o orffwys a gawsai, breuddwydiai am goesau gwaedlyd a chig.

Cawsai'r plentyn afael chwyrn arni o'r dechrau. Byddai hi'n teimlo'r wy yn rhwygo mewn cwmwl o waed o'i hofari bob mis. Fe'i teimlodd yn gryfach y mis hwnnw. Wythnos yn ddiweddarach fe'i plygwyd mewn poenau wrth i'r hadyn grafangu a thwrio i mewn i'w chroth. O fewn ychydig wythnosau, roedd hi'n ffaelu â chysgu ar ei bol gan iddi golli ei chorff i ewyllys y pwysau cynyddol yn ei bol.

Roedd hi'n oeri. Dros ochr y crud roedd y siôl fagu. Byseddodd hi am eiliad. Roedd hi'n frau a'i lliw yn fwll a'r defnydd wedi'i droelio'n dyllau fan hyn a fan draw gan sodlau bach. Fe'i golchwyd bŵer o weithiau dros y blynyddoedd ac roedd y defnydd wedi llacio a meddalu – roedd ei mam wedi'i chadw am iddi ei magu hithau ynddi. Cydiodd yn y siôl gan fesur ei phwysau yn ei bysedd a'i thynnu ar draws ei hysgwyddau. Teimlodd ei chynhesrwydd yn ei hamgylchynu. Roedd ei bronnau wedi chwyddo a'r boen yn ymledu ar hyd ei brest. Safodd yn gwylio'r corff bach.

Cyn iddi roddi genedigaeth, gwelai wynebau tywyll yn ei chwsg. Breuddwydiai am lanw a thrai ar draeth oer. Byddai'n dihuno'i gŵr yn ei hofn, a byddai hwnnw'n cynnau'r golau ac yn dal ynddi'n dynn nes iddi suddo i gwsg anniddig arall. Meddyliodd am ei ddwylo cynnes am eiliad a thynnodd y siôl yn dynnach amdani. Wrth i'r geni agosáu, fe fyddai'r hunllefau am lygaid dieithr yn cynyddu, ond ddylai hi ddim fod wedi poeni. Roedd ganddi wyneb cyfarwydd. Llygaid ei mam-gu. Siâp wyneb ei mam a gwefusau'n troi ac arnynt hanner gwên.

Synnwyd hi gan ffyrnigrwydd ei chariad hithau at y bychan. Byddai hi'n ei bwydo ganol nos gan wrando arni'n sugno'r llaeth melys a'i llygaid wedi eu sodro arni. Gwthiai hithau ei phen at ei bronnau'n reddfol gan agor a chau ei dwylo am yn ail. Roedd hi'n dihuno. Cydiodd ynddi a phlygu'r siôl amdani a'i chario at y ffenest, cyn iddi ddechrau llefen. Gwasgodd hi'n hanner cysgu o dan ei gŵn nos. Teimlodd y gwefusau bach cynnes ar ei chroen. Daliodd hi yno nes iddi ddod o hyd i'r deth. Sugnodd yn gysurus.

Fe'i magodd yn yr angladd. Ei chadw'n agos ac fe gysgodd yn ufudd. Roedd ei mam wedi gofyn iddi fod yno, yn gwybod efallai y byddai hi'n ei gosod ym mreichiau ei thad wrth iddi helpu i glirio ar ôl y te. Edrychodd hwnnw arni'n gorwedd yn ei ddwylo crynedig, a'i gwasgu tuag ato a'i llygaid cyfarwydd yn falm iddo.

Daliodd rhywbeth ei sylw allan yn y gwyll. Edrychodd eto, gan deimlo'i brest yn llacio wrth i'r plentyn sugno. Edrychai hen lygaid arni o'r tywyllwch. Roedd hi'n eistedd yno'n cadw golwg ar y tŷ a'r lleuad ar ei hysgwydd. Tylluan wen a'i hadenydd wedi plygu. Roedd ei hwyneb gwyn yn agored.

Dim ond am wythnos yn union y bu'r ddwy'n cyd-fyw ar y ddaear. Croesi ei gilydd ar eu teithiau. Ac fe safodd hithau a'i bron yn gwasgu wrth wylio un yn cryfhau a'r llall yn llacio'i gafael ar y byd. Ac wrth i un pâr o lygaid cyfarwydd ddiffodd, fe agorodd pâr arall gan ddod yn ôl unwaith eto i hiraethu'r hen dŷ. Roedd y blynyddoedd yn llifo heibio mewn tawelwch pur ac am ychydig edrychodd ar foelni dychrynllyd y lleuad. Gwasgodd y baban yn dynnach at ei brest a theimlodd gynhesrwydd y siôl fagu am y ddwy. Gwenodd. Edrychodd y dylluan arni am ennyd cyn agor ei hadenydd i'r nos a phlymio mewn heddwch perffaith i'r tywyllwch.

Hefyd gan Caryl Lewis

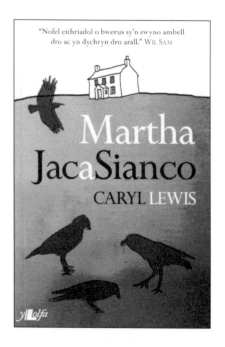

Martha, Jac a Sianco

Nofel gref yn adrodd hanes dau frawd a chwaer oedrannus sy'n cael eu carcharu gan amgylchiadau teuluol, a chan galedi bywyd ar fferm yng nghefn gwlad de-orllewin Cymru. Enillydd Gwobr Llyfr y Flwyddyn 2005.

£6.95
ISBN: 9780862437534

Y Gemydd

Nofel sy'n cyfleu unigrwydd dirdynnol gyda phortreadau grymus o gymeriadau sy'n gweithio mewn marchnad sydd ar fin cau. Dilynir argyfwng Mair, sy'n gwneud bywoliaeth o drin gemau a chlirio tai, nes y daw un gem i drawsnewid ei bywyd yn llwyr...

£7.95

ISBN: 9780862438012

Am restr gyflawn o lyfrau'r Lolfa, mynnwch
gopi o'n catalog newydd, rhad
neu hwyliwch i mewn i'n gwefan

www.ylolfa.com

lle gallwch archebu llyfrau ar lein.

TALYBONT CEREDIGION CYMRU SY24 5HE
ebost ylolfa@ylolfa.com
gwefan www.ylolfa.com
ffôn 01970 832 304
ffacs 832 782